宗利华/著

冰心儿童图书奖获奖作家作品

希望有封信

中国书籍出版社
China Book Press

图书在版编目（CIP）数据

希望有封信 / 宗利华著. —北京：中国书籍出版社，2018.3
ISBN 978-7-5068-6821-1

Ⅰ.①希… Ⅱ.①宗… Ⅲ.①长篇小说—中国—当代 Ⅳ.①I247.5

中国版本图书馆CIP数据核字（2018）第061840号

希望有封信

宗利华 著

丛书策划	牛 超 蓝文书华
责任编辑	牛 超
责任印制	孙马飞 马 芝
封面设计	天下装帧设计
出版发行	中国书籍出版社
地 址	北京市丰台区三路居路97号（邮编：100073）
电 话	（010）52257143（总编室） （010）52257140（发行部）
电子出箱	eo@chinabp.com.cn
经 销	全国新华书店
印 刷	北京一步飞印刷有限公司
开 本	710毫米×1000毫米 1/16
字 数	200千字
印 张	11.5
版 次	2018年6月第1版 2018年6月第1次印刷
书 号	ISBN 978-7-5068-6821-1
定 价	32.00元

版权所有 翻印必究

目录
CONTENTS

相思扣 …………………………………………… 001
方子鱼 …………………………………………… 004
花钱记 …………………………………………… 008
秋　菊 …………………………………………… 011
钟乐乐 …………………………………………… 015
贾　威 …………………………………………… 018
爱情谷 …………………………………………… 021
不跟你玩 ………………………………………… 025
拉伤了肌肉 ……………………………………… 028
绝　唱 …………………………………………… 031
与年龄无关 ……………………………………… 033
希望有封信 ……………………………………… 036
锁　爷 …………………………………………… 038
老　六 …………………………………………… 041
进　城 …………………………………………… 044
稗　类 …………………………………………… 047
锁　住 …………………………………………… 050
老人与花 ………………………………………… 054
哈　酒 …………………………………………… 057

感觉一只青蛙 ····················· 061

女人花 ·························· 064

霸王别姬 ························ 068

脸　孔 ·························· 070

宠　物 ·························· 073

抱布贸丝 ························ 076

姿势不对 ························ 079

世界很小 ························ 082

秋　千 ·························· 085

预　感 ·························· 088

战　争 ·························· 091

井 ······························ 095

玉 ······························ 098

义　丐 ·························· 101

孝　丐 ·························· 104

丐　情 ·························· 107

匪　丐 ·························· 110

恶　丐 ·························· 113

文　人 ·························· 116

广陵散 ·························· 120

止　唐 ·························· 123

国　唐 ·························· 126

堆　绣 ·························· 129

意　外 ·························· 133

木	136
教　授	139
孝　道	142
三个人	145
秋风起	149

相思扣

不知何时起，校园里流行起一种新潮饰物。那饰物挂在男孩子的脖子上，是用那种红丝线精心编织而成的，扇坠似的，下面挂着穗子，一摆一摆，好看极了。

他们给它取个很美的名字，叫相思扣。

挂了相思扣的男孩子昂首走在校园里，一个个看上去都很幸福，很自豪。因为，那些相思扣是由一个个聪颖手巧的女孩织就的。一个相思扣，可就系了一个女孩子的心呢！

他的胸前却一直是空空的。他其实也好想用一挂相思扣来填充那空白，以及空虚。然而，他没有，他就是没有。于是，每次他不经意地向别的男孩胸前瞥去的一眼，都是黯然神伤的。

他是从遥远的大山深处走出来的。他的家乡山瘦瘦的，水涩涩的，土地很贫瘠。他心里清楚，自己能够走出那片贫瘠已属不易。他的后背上承载着许许多多甚至祖祖辈辈期许的目光。那很沉重，很沉重。所以，从一走进大学，他就本能地与那种浪漫保持着距离。他的身影一直出现在教室、图书室、宿舍。似乎不管在何时何地，他手里都捧着一本书。他觉得，浪漫并不属于贫穷。

但，他心里还是想拥有一颗相思扣。

而且，他发现自己不可救药地喜欢上了那个女孩。女孩也是沉默寡言的那种。女孩长得并不出众，甚至，在打扮上没有丝毫新意。他不知道女孩的哪一点打动了他。

有一天下午，他与那个女孩在图书馆悄然相遇。女孩一个人静静地坐在角落里，捧一本书，默默地读。女孩长发及肩，半遮了脸，一束阳光悄然跳跃在女孩的秀发上。

男孩觉得，女孩看书的姿势很好看。

女孩的脸孔，沐浴在阳光里，她的嘴唇一动，再一动。男孩就悄无声息地看她一眼，再看一眼。

女孩在某个时刻悄然抬起了头。

女孩轻轻甩了一下头发。女孩的头发就在阳光下舞起来。舞得男孩沉浸在一种莫名其妙的状态里，舞得男孩的眼睛定定地瞧着那个方向。女孩随之把头移向窗外。接着，缓缓拧过头来，两个年轻人的目光便碰撞到了一起。

女孩似乎一愣，却没移开目光。男孩一躲，随而，又迎上去。

女孩笑了。

男孩也一笑。

后来，男孩知道那个女孩是另外一个系的。男孩开始做梦了，梦当然美丽无比。有时，男孩醒来了，嘴角兀自还带着一丝笑容。接下来，他开始有意无意地接近那个女孩。在图书室，在校园的大操场上，在绿树荫荫的小道上，没人知道，为此他花费了多少心机。每一次碰面他都要进行一番精心策划，装作那是一次偶然相遇。但是，男孩并不会表达自己，每次碰面的那一刻，男孩都会很紧张，他手心里都是汗，他手足无措。一紧张，也就错过了，使自己的心机都付诸流水。每次，女孩都冲他莞尔一笑，点一下头，过去了。

男孩很生自己的气。他觉得自己真没用。终于有一次，是个很好的机会。男孩发现女孩一个人出现在校园后面的小树林。男孩的心就怦怦跳起来，就迎了她走过去，一边走，一边想着要说的话，一边给自己鼓劲儿，这次你可一定要说出来。

近了。两人就都站住了。男孩突然觉得浑身的血液都沸腾起来。男孩脸涨得通红，看着女孩。女孩微笑，不做声地瞧着他。

男孩终于昂起了头，迎了女孩的目光，悄声问，你会织相思扣吗？

女孩笑了，笑得非常灿烂。那一瞬，在男孩的感觉里，整片小树林都在唱歌。

女孩说，我以前可从没有织过。不过呢，我觉得，那不会很难。

方子鱼

方子鱼籍贯山东桓台，生于马踏湖边一个巴掌大的小村子。那时的马踏湖虽然称作湖，却无大面积水域，净是些沟沟岔岔、彼此勾连的水道。遮挡那些水道的则是四周茫茫阔阔的芦苇荡。

那年方子鱼八岁，与父母荡小舟去芦苇间一片地里收棉花。他玩得兴起，跟着一只蛐蛐儿钻进了芦苇荡，等意识到走得太远，再回头，找不到路了。惊恐四顾下，只听得芦苇叶片沙沙擦动，呼喊父母也不见回应。他脸色苍白，呼吸急促，像无头苍蝇般乱冲乱撞，不料越走越深，越走越凄静，胳膊、脸上被苇叶划破好几道口子，都不觉得疼。后来，方子鱼坐在地上，欲哭无泪。

暮色终于笼上来，四周无声无息。他大着胆子站起来，继续闷着头走，好半天过后，忽然看到前面有灯光！

灯光是从一间茅草屋的窗口透出的，可映见四周围着篱笆的小院儿。方子鱼推开栅栏门，院子里突然传来一声狗叫！他吓得立住脚，却见门口人影儿一闪，一个与之年龄相仿的女孩朝外一瞧，又扭回头："奶奶，是个小孩！"

"让他进来呀！"一个沙哑的声音。

女孩朝他挥动小手："来吧，来呀！"

方子鱼进了屋。门侧有一火炉，一白发苍苍的老人正在烧水，她抬头眯眼端详他半天，说："丫头，给小哥哥倒杯红糖水。"

女孩一撇嘴："为啥我要喊他哥哥？"不一会儿，她端一杯水来递与方子鱼。只见她面色莹润，一双大眼忽闪忽闪，唇边有一小黑痣，嘴角一动，它也动。

"你是谁家的孩子？"老奶奶问。方子鱼说了父亲名字，老奶奶摇头，又说了村子名，还是摇头。小姑娘说："看他这傻样儿，怕是连自己是谁都忘了。"

"丫头，怎么跟客人说话啊？"老奶奶又问："孩子，你住在什么地方？"

"就湖边那个村子。"

"什么湖呀？"

"马踏湖。"

"哪有马踏湖啊？"老奶奶嘟囔着，"这里只有白洋淀。你迷路了。今晚，就睡在这里吧。"

"奶奶，我不跟生人睡在一起。"女孩说。

"他不是陌生人。丫头。"

吃罢饭，女孩悄悄向方子鱼使个眼色，俩人出了屋子。月亮升起来，湖面一片静。女孩说："带你去个好地方。"两人沿一条小径，踩着一地月色而去。不一会儿，闪出一片大荷塘，有一架木桥蜿蜒其间。方子鱼从未见过那么大的荷叶、荷花，顿时一声惊呼。女孩伸手揪两片荷叶，给方子鱼一片，另一片扣在自己头上，突然说："我们玩个游戏好不好？"

"玩什么呢？"

"我做你的新娘子。"女孩扭过身子，低了低头。

"不玩！丢死人。"

"什么？"女孩提高声音，"你，你？我不好看吗？"

"不是。反正，我不喜欢做这个游戏。"

女孩把脸靠近一点："呀，脸红了啊？"然后一扭身，"哼，谁稀罕你呀，长得跟头笨驴一样。"她站在木桥中间，哼起了歌子。方子鱼听不懂，但觉得好玩儿，他伸手采两朵荷花，走过去："那你说，这游戏怎么玩？"

女孩停了歌声，想了一会儿："你得先亲我一下。人家都这样的。"

方子鱼挠挠后脑勺，好半天才凑过去，在女孩脸上亲了一口。

"不行，要这儿。"女孩抬起下巴，伸过嘴巴来。

方子鱼靠近她小嘴的时候，却看到那颗黑痣，遂扑哧一笑。女孩气得跺脚："你怎么这样呢？你欺负我！我不跟你玩了。"说完，就往回跑去。

"喂，喂，你叫什么啊？"

"丫头才不告诉你呢！"女孩的声音隔了流淌的月光传来。

当夜，丫头和方子鱼在一个被窝，睡在里面，老奶奶在外面。方子鱼悄声说："对不起哦。那我就亲你一下！"

丫头扭过头，背靠他："想得倒美！"

次日一早，方子鱼听到有人喊自己，忽一下醒来，发现自己竟躺在一个麦秸垛旁边！"你真是鱼儿！好孩子，你去哪儿啦？"居然是自己的母亲！方子鱼眨巴眨巴眼睛，恍然如梦。

村里好多人都跑来瞧他。听他说完，一个个都摇起脑袋。"白洋淀？那可是河北呀！""这孩子明明是去年这时候丢的嘛。"

可方子鱼对发生的一切深信不疑。桓台又称建筑之乡，无数个工程队遍布全国。方子鱼逐渐成人，连考两次都没考中大学，于是回乡做了建筑工人。走南闯北之际，他每年都要去一次白洋淀。第一次去，果然找到了那片荷塘，一模一样！却怎么也找不到茅草屋和它的主人。

四十岁那年，方子鱼做了一家建筑公司老总。但他始终未娶，且从不近女色。所有人都以为奇。

那年夏，在北京一栋刚竣工的楼上，方子鱼正站在三十二楼的窗边，打量如昼的夜景，身后忽然传来一个女人的声音："这里面有人，进去看看！"

方子鱼扭回头，顿时目瞪口呆！

两个女人中的一个也愣住了！

方子鱼慢慢站起来，向那女人走去，俩人目光自始至终在一条线上。走近后，方子鱼不由自主伸出双手，小心翼翼地去触摸女人嘴角那颗痣。方子鱼说："丫头，我找了你三十二年！"

"我们玩个游戏好不好？"好半天，女人嘴唇和声音都在发抖。

方子鱼摇头。女人呼地一下，抡起皮包打他："你个混蛋，难道我不好看？"

方子鱼说："我不想玩游戏。我要玩真的。"

花钱记

闺女听同学说，公园里新开一家鬼屋。

"好好玩哦！"

那晚，她紧追不舍："你答应带我去，你答应的，是不是？"我投降："是是是，明天。"于是，去了。

买门票时，问那姑娘："什么证可打折？学生证？记者证？"她点头："都行。"我嘀咕道："可俺没有。"再回头，打量在一米二那条线前的闺女，很明显，不符合打折条件。

于是，门票四十大元。

进大门，闺女先去找鬼屋，等走近了，却紧张起来："我有点怕。"我说："怕什么，世界上根本就没鬼。"闺女说："可她们说，那些鬼会抓人的脚，会在后面哇哇哇叫着跟人跑。"我说："那都是吓唬人的。"为缓解压力，我建议："咱先去旁边的科幻世界玩玩。"

但接着，我就为此而后悔。进那里面，得另买门票。父女俩，共计三十大元。

所谓科幻世界，就三个房间。一个屋，两样东西在糊弄人，一个轨道上放一只球，一个轨道上放一根水管，证明球可以往高处滚，水可以往高处流。其实，是地面倾斜，视觉误差。第二环节，时光隧道，就是从一个闪着灯光的圆筒钻过去。第三个屋，是迷宫，到处立满镜子。我在这方面一向弱智，闺女拉着我的手，左转，右转，碰过几次壁，终于找到窍门，看头上，不能看脚下。

进鬼屋，当然还要交人民币，每人三十。

售票姑娘问："玩初级的，中级的，还是高级的？"闺女先接过话茬儿："初级的。"我点头赞同。要是俺爷儿俩，一个警察，一个警察的闺女，被吓得不知东西南北，岂不丢大人也？

初级玩法，就是不开总按钮，鬼们不能乱动，好比被拴住的狗，不会出来抓人，撵人。我嘴上说不怕不怕，但一进入那阴森森的地方，不免还是略怕。闺女在看到第一个鬼时，就让我抱着她。我说："别怕，假的！"却还是紧紧抓住她的手，小心翼翼前行。

惭愧得紧，老宗居然也怕！真的怕！

四下漆黑，隐隐约约灯光闪烁，突然出现个鬼，就在你身边触手可及！曲里拐弯的通道内，冷不丁迎面就是个一袭白衣、披头散发、满脸血污的家伙！你还不能跑，也根本跑不起来，有的地方得弯腰才能钻过。当然，还有软乎乎一段路，让你感觉像踩在人的肚皮上。

谁要第一次进这种地方，一点都不怕，我真的输他三大杯二锅头。

终于重见光明，闺女欢呼一声。我问："害怕吗？""怕！都吓死我啦！"瞧，还是孩子真诚。大人其实也怕，嘴上却否认。所以，大人比孩子阴险。

接下来，我暗自叫苦。女儿站住不走了。这孩子从小就这样，想玩的，想要的，不直接提要求，而是站着不走。

那叫什么，我忘啦。就是在高架轨道上乘旋转车。我虽说没有恐高症，但一向对此不感兴趣。既然孩子想玩，那就试试？于是，爷儿俩在半空中忽忽悠悠转老半天。真过瘾哪！闺女居然不怕，连下面的售票员都看出来："我看你闺女有说有笑的，你倒是挺紧张。"说完这话，微笑着，"先生，您还没买票呢。"

又是四十大元！

我暗暗叫苦。这次来，钱包里的现钞储备相当可怜。于是，跟闺女商量：“我不得不告诉你，钱花得差不多了，接下来，咱只能去不花钱的地方。”她抬头看看我，“拿钱包来，我看看。”我趁机掰着指头给她算账：“你看，我请你吃了顿牛肉面。还有，从一进门——”我一项项算下去，她不做声了。

接下来，我们去不收票的场地，大玩特玩。高架桥，荡秋千，攀绳索。嘿，早知这样，先来这里呀！

事情还没结束，最有意思的一幕出现了。

闺女在一个小摊前再次站住，将一只花花绿绿的风车抓在手上，翻来覆去端详。我暗自夸道，俺这丫头，真有眼光！估计一下子把最贵的挑在手上啦！那风车我也喜欢。我知道考验我的时候来了。于是，不动声色："这东西多少钱？"

"十块！"

闺女立刻把那风车放下。我钱包里只剩五块。她知道的。

我继续跟商人斗智斗勇。

"五块，行不行？"

"不行！最少九块。"

"大门口那人说七块就卖，我们没买。"

"七块？我连本都收不回来。我七块五进的。"

我心里有底了，将几个口袋搜一遍，两三块是能搜出来的。于是，翻箱倒柜，最后一核算，感谢财神爷，我依然是个富翁啊！一共八块钱零一毛！

花了八块钱，闺女兴奋地举着那玩意儿，旋转起来。

往回走的时候，我问闺女："今天最大的收获是什么？"

"风车！我太喜欢这风车啦！嘿，老爹，你到处找钱的样子很好玩！"

秋 菊

桓台县城所在地，叫索镇。城中心有一少海公园。公园西北角，人工挖出一湖，湖边苇草纵横。所挖之土自然形成一座小山。园林设计者取其走势，设石凳，铺石级，起楼阁，宛然成一小岛。因所处地幽静，景色宜人。因此，每至夏夜，成双成对者，比比皆是。

老耿系一建筑公司老总。由于累债逼身，越想越走投无路，遂带一大瓶安眠药，在一个深秋夜晚，驾车出门，最后确定公园小山顶的一处凉亭为最佳自杀地点。他黯然神伤行至山顶，回过头，目睹满城灯火，突然泪流两行。良久，他掏出手机，打算跟一情人告别。然响了半天，接电话的却是一男人。老耿一惊！问对方是谁？对方反问他是谁。相持半天，彼此挂掉。老耿益发觉得世事苍凉。遂叹口气，左手倒水，右手倒安眠药，一边喉结在动，一边呜咽成声。服完后，老耿正想将水瓶扔到山下，犹豫一下，又转回身，轻轻放进一边的垃圾桶。迷迷糊糊中，老耿听到一声叹息。

醒来，却发现在医院里。医生告诉他，是一女子驾车将他送来的。

住院期间，老耿孤身一人。年龄小他数岁的妻子，一次也未出现。老耿常嘴唇紧咬被角，欲哭无泪。倒有一朋友来看他，几句场面话说完，却说："你开的那车，还值几个钱，不如先抵给我吧？"老耿看他半天，嘿地一笑，把车钥匙递给他。

出院后，讨债电话不断，老耿索性关了机。他乘公交车来到市区张店。走进一大厦前，一个没有双腿的乞丐，伸一个破碗冲着他。老耿将钱包拿出来，想也没想就放在碗里。来到大厦顶层，老耿俯视下去，但见往来车辆如虫，行人如蚁。老耿闭上眼睛，纵身一跳！

但这只大鸟被几根电线嘭地弹了一下，又莫名其妙遇到一个探出的广告牌，穿行而过，居然是一堆杂乱无章的电线！后来，消防队员来把老耿从电线里拉出来。

坐在医院的躺椅上，老耿的手机响。一条短信："你打算什么时候死第三次？"老耿呼地一下站起来，突然意识到手机早在一周前就欠费停机，而且，已好几天没开机。他回到："你是谁？干吗要救我？"

"我叫秋菊。我救你是一时心血来潮。"

"你救不了我。"

"那不行，我既然救你，你就不能死。"

老耿哧地一声笑。"你在哪儿？我想见到你。"

"我很丑，会吓着你。"

"我不在乎。"

"我就在门口。"

老耿跑出乱糟糟的医院大厅，在门口看到一个满脸雀斑胖胖的中年妇女，冲他微笑："我就是秋菊。"老耿一愣，然后也笑了。女人问："是不是很失望啊？"

"怎么会呢？我很感激你，可你不该救我。"

"为这点债务，就不想活啦，还像个男人？"

老耿无语。

"一年之后，你所有债务都会还清。"

老耿眼睛一亮："真的？"

回家后，老耿与妻子离婚。此后，他的建筑公司生意犹如神助，接连做了几个大楼盘。一年后的一天，老耿给女人电话："嫁给我好吗？"

"我这么丑。你不嫌弃吗？"

"你比所有女人都漂亮。"

以老耿的意思，他要大张旗鼓迎娶秋菊。秋菊不愿意。秋菊说："我在第一次见你的地方等你，你骑自行车来接我。"老耿骑着一辆哗啦哗啦响的自行车，去少海公园山上的凉亭，接回了他的新娘。秋菊嫁给老耿后，一心一意做家庭妇女。从乡下接来公婆，伺候老耿的一双儿女，把老耿收拾得光光鲜鲜。老耿家里无牵挂，生意上更日见起色。

突有一天，秋菊面带愁容。老耿询问半天，她才说："我既老，又丑。你已经对我厌倦了。"

"怎么这么说呢？"老耿反问。

"今天你在办公室干的事，让我很伤心。"

老耿立刻冒出一身冷汗，原来办公室新招来一漂亮女大学生。上午，老耿一见到她，就眼睛一亮。女孩及时地捕捉到老耿的眼光。俩人对视半天。

"难道我连看别的女人一眼也不行？"

"老耿，你骗得了天下女人，可骗不了我。明天中午，她会主动敲你的门。"

果然，次日中午，老耿正在卧室午休，有人敲门。老耿六神无主，只觉得秋菊坐在沙发上笑眯眯地看他。但老耿还是问："谁呀？"

女孩的声音："老板，是我。"

老耿仰面向天，半天才说："我睡了。上班后再来吧。"

自此，老耿总感觉自己一举一动都在秋菊视线之下。他越想越觉得恐怖。这女人到底是鬼啊还是狐仙？

突然，一个念头蹦出来，把他吓了一跳！

就在那天晚上，老耿回到家，每个房间都找不到人。最后来到卧室，视线突然被墙上的结婚照吸引过去。照片上，他身边的秋菊完全换了样子，居然是办公室刚来的那个女孩！他正在端详，手机响起，秋菊的短信："我万万没想到，你居然想杀死我！"

从那以后，秋菊再也没有出现在老耿的视线里。

一年后的一天，警方在少海公园的山顶凉亭发现了老耿的尸体。一名警察边翻看老耿的手机边说："咦？秋菊是谁？老耿的老婆不是叫安美丽吗？"另一个警察说："这年头，哪个大老板没几个情人？"

钟乐乐

周村，号称天下第一村，旧时以丝绸、织染业名闻天下，客商往来如织，遂又被称作旱码头。钟乐乐的父亲就是一个绸布商。因钟乐乐少时一听丝竹声就舞之蹈之，父亲本想他继承衣钵，瞧此景况怕扼杀了一位音乐天才，就取名乐乐，意思是让他从音乐中获得快乐。

起初，钟乐乐的确显示出音乐方面的天赋，不管学校里开晚会，还是区里搞文化活动，常常登台，吹拉弹唱都能行，宛然一小明星。上了初中，他却突然对音乐不感兴趣。父亲一开始还强扭黄瓜，后来就一声叹息，听之任之。却又不料，高中时，他的音乐细胞又开始沸腾了。忽一日，在其父经商的周村老街上，传来一阵嘈杂声，众人从门板前探出头去，只见钟乐乐一袭又长又红的头发，怀抱一把吉他，站在老街中央，大幅度扭动着屁股。一帮差不多装束的男女，在他周围，又是跳又是唱。钟父大怒，抄起一把铜尺就奔出去！一时间，周村老街上，由南至北，鸡飞狗跳，真是热闹。

高中毕业，其父费尽周折将他送进一所职业学院。还没读完，钟乐乐就声称，打死也不去啦！跟父亲拧着脖子吵半天，一伸手："给我钱，我去北京发展。"其父眉毛、眼睛、鼻子、嘴巴、十根手指，一起抖了半天，发出一声吼："呸！除非我死了！"但母亲是疼儿子的。私下里，塞给钟乐乐一张卡，随后一把鼻涕一把泪："儿啊，钱可得省着花，过不下去就回来啊!"

钟乐乐就去了北京。北京果然大。比之长安街,周村老街算个屁!钟乐乐抱着那把吉他,长发飘飘,大发感慨。可在北京飘了一周,一算计钞票,慌了。于是,转移到地下室。之后,遍寻工作未果,遂出现在地铁入口处,面前摆着一个大包,上面放着几枚硬币,几张纸票。

有个大眼睛大嘴巴的女孩,连续几天在他面前听。后来一天,说:"跟我走吧!""去哪儿?"钟乐乐问。"我让你跟我走!"女孩眼睛更大了。钟乐乐就背起包,跟了女孩走。女孩进了一家酒吧。进门就跟人介绍:"这是我弟!"

大家都喊女孩童姐。钟乐乐也跟着喊童姐。童姐是这家酒吧乐队的主唱,经她介绍,钟乐乐留了下来。

对钟乐乐来说,童姐是一个谜。除晚上能在酒吧见到,别的时间杳无音讯。

童姐从不告诉钟乐乐她的联系方式,别人也说不上来。一段时间过后,钟乐乐开始喜欢坐在一角,默默注视着唱歌的童姐,关注着她的一举一动,一笑一颦。有天晚上,他居然走了神,指上的节奏有点乱。演出结束回到后台,童姐直奔他来,一句话不说抬手给他一巴掌:"臭小子,你想干吗?"钟乐乐嘴唇动着,突然说:"我爱上你了!"童姐抬手摸摸他的脸,盯了他看:"你拿什么爱我?"然后转身就走。钟乐乐突然喊:"拿我的心!"

童姐一愣,却没有回头。

晚些时候,老板突然喊钟乐乐到办公室,笑眯眯地问:"乐乐,还想在北京混吗?"钟乐乐迷惑不解。老板靠近了,双手摁着他双肩,突然用膝盖顶向他腹部!随后一拳打在他的脸上,接着转身抓起桌子上几张钞票,"刷"地一下扔过来:"拿上你的钞票,给我滚蛋!"钟乐乐呆愣片刻,嚎叫一声,猛地扑向对方。老板起初冷笑,后来惊慌,再后来大声叫喊。钟乐乐被两条汉子架到大街上。

第二天傍晚,钟乐乐正躺在床上,有人敲门。童姐一推门径直进来,放下一个大箱子，呼哧呼哧直喘半天："小子，为了你，我也没地方去了。"

从那以后，在酒吧、歌厅、广场、地铁等很多地方，都出现一个男孩和一个女孩的身影。男孩抱一把吉他，女孩边跳边唱。有时，他们在闹市旁若无人紧紧拥抱着吻在一起。

直到有一天，童姐抚摸着自己的肚子，忧郁地看着钟乐乐："我们将面临一个重大选择。"钟乐乐稍稍一愣。童姐看着他："我想要个家，安安心心地养你的孩子。你有你的老街，那是你的，也是你孩子的根。"

"不，我不能回头！孩子我们要，必须要！我出去挣钱！我养活你们！"

童姐眼里有了泪水。

可有一天，钟乐乐回家后，发现童姐不见了，留了一张纸条："你会找到我的。"钟乐乐发疯似的四处找，却一直没找到。接下来的很长一段日子，钟乐乐像一个野人，长头发，长胡子，在酒吧里沙哑地唱着，提着一个酒瓶，在大街上一边走一边喝一边哭。他在北京又流浪一年多。

终有一天晚上，他站在火车站广场上，抬头看着天空的月亮，好半天，他把手里的吉他远远地一扔，扭头走进了火车站。

钟乐乐一踏上周村老街的石板，就觉得浑身一抖！那是一股前所未有的踏实感。他走到自己家的店铺前。突然，像个傻子一样张大了嘴！

一个穿着丝绸旗袍的女人，正拿一柄闪闪发亮的铜尺给客人量布。此时，她抬起头，笑呵呵的："进来吧！这是你家，你发什么呆呀。"然后，冲房间一角一个小不点说："瞧瞧谁来了，快喊爸爸呀！"

后来，钟乐乐的儿子一听丝竹声也舞之蹈之。童姐说，这孩子继承了咱俩的优点。钟乐乐说，狗屁！

贾 威

贾威手里的权力不小，因此，求他办事的人越来越多。求他办事，当然不会空着手去。现在的人，谁那么不自觉啊？一开始，贾威觉得有点惴惴不安，觉得受之有愧。时间一长，也就内心坦然。偶尔，有一个半个想空手套白狼的，贾威绝对不会让他们得逞。

贾威的不义之财越积越多，胃口越来越大。

有天中午，贾威吃罢饭，正躺在沙发上看电视。忽然发现，一只硕大的苍蝇在客厅里飞过来飞过去。贾威觉得很怪。他想，这玩意儿它是从哪里钻进来的呢？这房子装修得很严实的啊！他刚吃罢饭，正想运动一下，促进消化。于是，找出久已不用的苍蝇拍，准备与苍蝇展开战斗。

只见贾威挥舞着拍子，左围，右堵，闪展腾挪，累得呼呼喘。可那只大苍蝇太过狡猾，飞上，飞下，满屋子盘旋。贾威居然奈何它不得。它还像是故意向贾威挑衅，在半空忽悠打个旋儿，飞出了客厅，穿过了厅间走廊，悄然落在墙壁上。贾威放慢脚步，蹑手蹑脚凑到跟前，把全身的力量都聚到胳臂上，啪一下出手，居然还是慢了半拍，再抬头四下里看，哪还有苍蝇的踪影？

贾威气不过，就在屋里继续寻找，最后，发现那鬼东西竟躲进了厨房。

贾威顺手把厨房门关上。

他下定决心把敌人消灭在厨房里。现在，人和苍蝇的战场，已经大大缩小，对贾威来说，局势相当有利。他挥起拍子，嘴里嘟囔着口号，看上去斗志昂扬。那苍蝇一开始还显得颇有信心，依然大有调戏贾威之相，可撑不住贾威一住不住地瞎糊弄，时间一久，就显得有点力不从心，最后，索性停在房顶，不动弹了。

贾威忙活了好大一阵子，也累得够呛，就叉着腰，算是中场休息。

突然，贾威听到一个陌生的声音："喂，老贾，你和我都是一路人，怎么这么无情无义呢？"

贾威被吓得一哆嗦，四下一看，周围也没别人哪？

"我就在你头顶上，你往哪里找呢？"

贾威一下子抬起头，半天才反应过来，问："你这家伙，怎么也会讲人话的？"

那苍蝇嘿地一声笑："人有人言，蝇有蝇语。咱除了会蝇语，还懂你们人话。

就好比你老贾还懂俄语一样，这有什么奇怪的？再说，咱在咱们蝇国也是领导干部，出国的机会多得是。"

贾威觉得更奇怪啦："蝇国？你们还能出国？"

那只苍蝇休息得差不多，话也就多起来："咱们蝇国，就在这座城市的西南角，你们人类称作垃圾山。你们到那里，都捂着鼻子绕道儿走，可咱们苍蝇却把那儿当作乐园。想当初，咱家也是一个普普通通的平民家庭。穷得吃了上顿没下顿。咱从小就想摆脱这种困境，好不容易，混出一点眉目，在一个单位里打杂儿。那时候，咱做梦都想当领导，削尖了脑袋往上钻，渐渐地，咱开始被人赏识，终于也成了个领导……"

贾威愤怒地说："你别咱、咱的，谁跟你咱了？"但他心里却在想，这只苍蝇的经历，怎么跟我这么相似呢？

他不知不觉地就坐下来，悄悄地听。那苍蝇继续说："手中有了权力，就开始飘飘然。那些从前不上门的亲戚朋友，也都涌上门来了，找咱，找我办事，我就替他们一一摆平。他们送点小恩惠，我也就笑纳。比如说，有个同学的儿子下岗，他来找我给他安排个工作，一下子就拿出两万蝇币。我把这事办成，钱拿得也就理直气壮。不知不觉，我已经积累了几千万蝇币。可就在不久以前，有个包工头犯了案子，七扯八扯，他妈的就把我扯进去了。我一听到风声，立刻四处潜逃。现在到处都在严打，你说我能往哪里逃？我知道你老先生和我是一路货色，心想，物以类聚嘛，所以，就到你家里来避避风头，等过了这阵儿我就回去。没想到你二话不说，就想放倒我。"

贾威听得心惊胆战。

他咬牙切齿地问："你这小畜生，怎么知道我和你一样呢？"

那苍蝇扑哧一声笑："要想人不知，除非己莫为。我们苍蝇无处不在，你那点破事，还能瞒得过我们？再说，你贪污受贿那点手段，与我比起来，还差得远。"

那苍蝇觉得和贾威聊了这么半天，多少套了点近乎，竟大了胆子，轻飘飘地落到贾威的面前来。贾威早就冒出一身的冷汗，这时候，眼也直了，思绪也混乱了。好半天不说话。突然，他看见那只苍蝇就在面前，心道，留着它，早晚是个祸害！

于是，他悄悄地往前挪挪身子，嘴里说道："原来如此，兄弟你怎么不早说呢？"同时，却悄悄挥起拍子，趁那苍蝇不及防备，"啪"一下，就击中了那只苍蝇，却没有一下子打死，只听那苍蝇断断续续地说："姓贾的，你……你真不是正人君子！"

贾威冷笑："你现在才知道啊？好，让我来代表人民，代表政府，代表人类，正式宣判你死刑！"话音未落，他已狠狠地补上了第二拍！

回到客厅，坐在沙发上，贾威却莫名其妙地开始琢磨苍蝇的话。慢慢一品，浑身上下就凉飕飕的。就在这个时候，外面突然响过一阵尖利的警笛声，贾威手中的苍蝇拍，"啪"地一声落在地上。

爱情谷

有一次，回老家过年。俺村的书记兴许觉得老宗算个人物，叫几个班子成员凑齐了喝酒。三杯酒下肚，老宗老毛病就犯，开始忽悠："你得想办法搞旅游！"书记眼睛一亮："你与我不谋而合！"

原来，书记正想开发村后头那道山沟。

"叫爱情谷，咋样？"书记红着眼看我。

我一拍桌子："这名字高啊！"谁说村里人没文化？

"兄弟，你说，现在城里人缺什么？"我摇摇头："不知道。""城里人，看上去什么都不缺。物质、文化？不缺！缺什么，缺爱情！"

书记话音未落，妇女主任抿嘴低头一笑。

我简直要五体投地！

书记这话对极啦！

村长此时一脸庄重："我看这事，得找个文化人来鼓捣一下，拿个方案。"书记大手一挥："不用！文化人的肚子里不是酸水，就是坏水，搞歪门邪道有一套，办正事？没一个行的。咱自己弄！"

老宗到嘴边的话，被硬生生地噎住！

"要干就干大的！既然叫个爱情谷，咱就把所有出名的情人，都弄到一条沟里！比如，贾宝玉、林黛玉，梁山伯、祝英台。"

妇女主任插话："杨过，小龙女。"

会计一本正经，突然说："我琢磨着，还得加上你跟咱书记。"

妇女主任在会计大腿上狠劲儿拧一把，会计笑得脸型扭曲，书记指着他的鼻子，也笑："你个熊孩子！"

出纳是个小闺女，村长未来的儿媳，红了脸："俺觉得既然这么大个创意，就连国外的也要，还有，罗密欧与朱丽叶。"

书记笑问一句："什么，欧叶？"小丫头重复了一次。书记眯缝着眼看村长："你这媳妇有文化！她这一说，思路更加开阔。"他两只大手一比画，"就分两块，一块国外的，一块国内的。"

村长说："你们说的这些人，用木头还是用石头做？"

书记说："你个老土！得用蜡像。"

会计这次正经了："花不少钱哪！"

"鼠目寸光！不花钱咋挣钱？"书记说，"下一步，咱卖地，卖山林，北面那一坡石头，那不是钱吗？钱不成问题，关键是胆量！"

本以为这帮人闹着玩，没想到这事居然成啦！那道山沟沟，还真就成了爱情谷！几个写诗的男女，听说我老家有如此风情，非要去看看。

结果，大开眼界。

一进山沟，就见一个巨大树桩，上书"爱情谷"三个张扬大字。村长的手笔。村长前些年写春联，拿集上去卖，据说赚了不少银子。那字儿写得，乌黑乌黑的，很讨人喜欢。

村长的准儿媳妇做导游。一进门，她先指指左边："那就是罗密欧和朱丽叶。

你们看，朱丽叶在窗子里头，罗密欧趴在外头。唉，一对有情人，执手相看泪眼，竟，竟然无语凝噎——"论辈分，这丫头得喊我叔。她情绪转得倒快，突然说："叔，你抬头看两面坡上，那是牛郎，那边是织女。"

我连连点头："杏儿，你去忙你的，我们自己逛。"

迎面一座四合院，门口俩人，一老一小，老的伸手指点门额上"荣国府"三个烫金字儿。老宗当然知道，是刘姥姥跟她孙子板儿。入内，前左右三面都是门口,先进正中间,贾府的几个老爷们端坐在那里,一个个却也可爱。

刚要退出,突然一阵美妙的曲子缭绕在耳边,"好一朵茉莉花!好一朵茉莉花!"循声找去,原来是妙玉在左边屋里!妙先生一袭尼装,做焚香状。她脚底前方摆着一台小型录音机,那茉莉花之曲,正从那里发出来。

拾级而上,又一处院落,却有黄梅戏缠缠绕绕:"树上的鸟儿成双对,绿水青山带笑颜。"迈步过去,左边屋里宝玉、宝钗正在拜天地。右边一间却有一白衣美女侧卧床畔,眼见得奄奄一息,正是那天可怜见的林妹妹!

黛玉床头,同样的录音机,正大声歌唱《天仙配》。

你想,这音乐响在黛玉房里,其创意是不是惊天地泣鬼神?老宗正在感叹,一扭头,诗人们已不见踪影。恍然顿悟,这帮人醉翁之意不在酒也!

峰回路转,突见两人立在一个凉亭上,指指点点,似乎在吆喝:"老宗,你也来啦!"果然是梁山伯与祝英台!

再往里走,似乎已到尽头,小路左拐上山,半坡有一指示牌——"梁祝学堂",是山下那两人同窗共读的地方,那得去看看。老宗怀着极其复杂的心情,站到门口!

"这条件也太差了吧?"我一声感慨!

屋子里,两排布满灰尘的桌凳,简直跟我上高中时用的一模一样!

来这儿上学的,可都是大款家的孩子,都是缴足学费的啊?

本以为就此下山,顺小道转过去,却意外瞧见一块大石旁有一男子孤零零的背影。此人背一把宝剑,山风袭来,一只袖管兀自空荡荡飘起,身边立了一只雕。我已明白他是谁,遂慢慢走过去,轻轻拍他肩膀,杨兄,你姑姑小龙女,还没消息?

杨过不语。我亦无言。

那大石上,仍然是村长的字:绝情谷!

几位诗人山下会合后，笑得前仰后合。

一美女吟道："是谁在恶搞我们的爱情？"

一男士回答："莫非是可爱的写小说的老宗？"

老宗并不笑："诗人们，别以为你们写几首诗，就很有文化。知道这爱情谷一年收入多少钱？说出来吓死你们！自开谷以来，这里游客络绎不绝！而且，都是文化人。"

几个人都好一阵子不说话。

不跟你玩

老宗这人，先前狐朋狗友很多。所谓三教九流，无所不勾。

时间一久，不免遭遇些尴尬事。

酒桌上一凑，此君与彼君，都分别与老宗相好，谁想到，暗地里俩人却是前世今生的冤家，斗鸡一般，说起话来，刀光剑影，火花四溅。

那江湖，就不是一般地乱！

有时遇到更干脆的，直接在电话里挑明：老宗，你要是喊那鸟人去，我让他立着进去，横着出来！吓得老宗干脆取消酒局。

后来，老宗慢慢琢磨出个道理，为人这一世，朋友不在多，在于精，要达到精，得不断淘汰，而要想淘汰得不露痕迹，还得熟练掌握一门艺术，叫拒绝。老宗一位大仙级老姐，曾直言不讳，你这人吧，什么都好，就是不会说"不"。其实，只要你把这个字说出口，心里就舒坦，不必硬着头皮，去做你不想做的事情，何乐而不为？

姜还是老的辣啊！

比如，有些人的邀请，原本就是虚情，就是假意，就是场面话。你居然当真，居然不拒，腆着个脸，硬看不出人家心思，不是找不痛快吗？

后来，老宗开始小心翼翼尝试说"不"，果然有奇效。就说这天，因为接一个电话，老宗便顿生拒绝之意，硬是辞掉个酒局，回家一高兴，自己跟自己喝了两大杯。

来电的此君，原本当地土著。几年前，决定北漂，（还真让他飘过去啦！）顺便，连老婆也拉到漂筏之上。忽一日，称自京城回。先前都是酒桌上鬼混的狐朋，谁不知道谁那点小破事？但这次忽地就有了距离感。该大人张口闭口，就是几百万大生意。老宗鞋跟里掖着五十大元私房钱，都心惊胆战，不敢与老婆直视，哪经得这般惊吓。于是，整整一晚，惶愧不安。

心道：这大城市，真是锻炼人哪！

此前，有过先例。一个当年走路贴墙根的，到京城三十五天回来，直接不一样啦！下巴上扬四十五度，跟人说话，眼白多，眼黑少，嘴里那话，让你满世界都找不到北："我一个电话，那谁谁马上就过来，比110还快，你信不信？信不信？"谁谁之流，一般都是在电视屏幕上，让我等普通老百姓瞻仰的。因此，老宗也就递个大脑袋过去，眯眼，仰视，一愣，再一愣。后来，不愣了。另一个熟知此君的朋友，一语破天机：听那小子忽悠，过年都会过错！

又过数日，携夫人，北漂君再次返乡，一朋友安排在一家北京饭店吃饭。

（难道是为了让这位先生及夫人不至于有不适应感？）老宗荣幸被纳入陪酒团。，老天爷！地道的北京人啦！那普通话说得！想起作家蒋韵写女人如何把孩子养得白又胖，用个词儿，老宗连呼想不到。她说，那孩子养得真叫个精彩！

那两口子的北京话说得，也真叫个"精彩"！

继续说那电话。

当时，老宗正在处理普通人的琐事。普通人经常被这种事弄得焦头烂额、心烦意乱，常常抱头、皱眉、哀叹：哪怕让我过一天不普通的日子也好呀！正此时，电话进来，老宗一听，肃然起敬！

北漂君也。

"那什么，老宗（这称呼让老宗浑身一畅，但接下来，就开始起鸡皮疙瘩），我回来啦。今晚，咱凑一下，某某、某某，也过去。"

老宗的鸡皮疙瘩，正因这某某而起。

书中暗表，此二某某不但是老宗好友，而且，师长级的。在我们这片水域，虽然不是威震一方，但也可谓行家。老宗见了面，毕恭毕敬，或称老师，或称大哥。当然，年龄小老宗一筹的北漂君，在未扎竹筏之前，比老宗还要谦恭几分。而现在，居然直呼其名，而且不带姓，那口气，像是顺口喊个晚辈。

你说怎不让人鸡皮遍身？

他总算给老宗留面子，喊老宗（其实，老宗倒也不算很老），但老宗有理由怀疑，他跟别人打电话，难保不会这么说："今晚，我叫了利华过来吃饭。什么？狗屁作家！我一个电话，他马上就屁颠屁颠来！"

说不定，这电话正因此而来。

老宗那臭脾气还就上来了。我不跟你玩，行不行？

于是，寒暄辞之。

晚七时许，此君电话再次进来，只听得里边笑语喧哗，显然战事正酣。他让老宗忙完手头事，过去一聚。老宗打起官腔来："哎呀，你不晓得，老宗现在被发配到基层派出所，整天鸡零狗碎。就一个字儿，烦哪！这不，俩女人打架，把脸都给抓烂啦！国人的素质呀，什么时候能提高一下——"

正此时，老宗闺女"砰"地一声推开书房门，喊道："老爹，谁跟谁打架？"老宗还没反应过来，那头已经嘿嘿一笑："那你忙，咱们改天聚。"

放下电话，暗自赞叹，老宗闺女的出现，更叫个精彩！

拉伤了肌肉

　　我的手腕子有点疼。

　　想不起是什么原因,反正,说疼就疼起来。

　　后来,我琢磨,是在键盘上敲字累的。我买了电脑,开始虚张声势用电脑写作。可我这人太笨,老是练不会五笔,幸好拼音还懂点,于是就全拼,拼到后来,就落下个病,不会用钢笔写字了,一写,全是拼音字母。而且,我打字姿势不对,不太合理利用手指,右手分明比左手用得多。所以,右手就累。手腕疼,就在情理之中。

　　手腕一疼,写不出东西来了。

　　对写东西的人来说,这太痛苦。因为写东西的人要讲究什么破灵感。灵感是说不定啥时就溜达出来的玩意儿,如果它偏巧在我手腕疼的时候来了,岂不让我着急?

　　我想我得赶紧把手腕治好,免得灵感在这期间来了。

　　没想到,果然就来了。

　　我这个人轻易不琢磨人的,这时候,却不合时宜地开始琢磨丈母娘的话。丈母娘和老婆的观点惊人的一致,觉得平日里我那帮子酒友差不多都是狐朋狗友。她在很委婉地给我上了一堂思想教育课后说,什么样的朋友才算朋友?你有急事借他钱时,很痛快给你送来的,那才是,不信你去试试?我对此很不屑,老觉得我那帮子朋友在这种事上,根本不需怀疑。我们在酒场上都是互相拍着肩膀，称兄道弟。

我的手腕此时给了我灵感。

我想捉弄一下那帮小子。

于是，打电话给小A，我说老弟，你大哥不行啦，摔断胳膊了。在医院躺着。你能不能给我凑点钱来？我希望那老弟的话给丈母娘的论调以沉重打击。没想到，小A在那边踌躇半晌，说，老大，你看，我这个月工资还没发下来，账上早就亏空。我估计自己脸色都变了，但我仍哈哈着，没事没事。谁也有不宽松的时候。接下来，我打电话给老B，说了同样的话。那位仁兄还没等我提钱的事，就说，你看，我买房子欠了一屁股债，刚才他们还把我堵在家里，要我还钱，这不是抢劫吗？要不，怎么着我也给你送点过去。咱兄弟你说谁跟谁啊？我说，你他妈平时不是吹着家里存了很多钱吗？你不是还要买车，还要包二奶吗？他说，那还不是为了面子硬撑？我摆摆手，算了，算了。

在给C拨电话的时候，我的手都哆嗦了。C和我初中到大学都是同学，毕业后分在同一个城市。如果他和前两个一样，我可就彻底伤心了。但我最后还是拨通了他的手机。他听明白咋回事后，一下子沉默。我的心情也随之暗淡下去。他说，其实，我这儿情况你也了解。我家的钱都是媳妇管着，平时请你们撮顿大排档，那都是千方百计自己攒下的。要超过一千大毛，非得跟她打报告不行。我叹口气。我说，是啊是啊，现在怕老婆不丢人。

手腕在那时候疼得更厉害啦！

到单位的医务室，那小护士看到我以后，居然出人意料地热情。她说，能见大作家一次可真不容易啊！我说，我没心思和你开玩笑，现在我整个手腕都疼，都抬不起来了，你看。她问，碰着了？摔着了？还是咋的？我说，什么都没有，突然一下子就疼起来了。

小护士捏捏我的手腕。我就咧着嘴，吸溜着气说，疼啊！

小护士笑。

矫情。作家和正常人就是不一样啊。

说完，哧地一声撕下一张虎骨膏来，啪一下贴上，好了。

往回走的时候，我越想越气，心里堵得慌。于是就掏出手机，想再给小D打个电话。我的确不太相信，我交的朋友难道都是这样？可是，万一D真的也那样了呢？我犹豫再三。但最后，还是决定再试试运气。

在D接电话的那一瞬，我突然有种悲哀的感觉。

于是，我瞬时变换了口气，很兴奋了。我说，今儿晚上咱哥儿几个聚聚吧？

喝上几杯，咋样？D马上应承着，好啊好啊，好久不见面。随口还问，是不是来稿费了？

我说，你替我喊一下A、B、C吧？

结果，那天晚上A、B、C直到最后也没出现。我和D喝得很尽兴。直喝得我月朦胧鸟朦胧，人也朦胧。

后来，D端详着我的手腕，问，你这手怎么了？

我说，没事，拉伤了肌肉。

绝 唱

其实，我早料到这是个悲剧。

每次主人的儿子回来，我的同类就要遭殃。

主人指着我说，这次杀它吧。我站在老杏树底下，瑟瑟发抖。

我想，我要完了。

然而，主人的儿子并没有马上表现出对我感兴趣的样子，他是城里人，可是看得出来，他并不像人们想象的城里人那么轻松，他的母亲建议说，你可以把它带到城里去，啥时想吃了，再杀。主人的儿子没有反对。

我甚至有了一份骄傲和自豪，我的伙伴们可都憧憬着城里的生活呀。

第二天，我被装进了一个纸箱，开始了我的城市之旅。汽车的声音和汽油的味道，我都极不适应，有点头晕恶心。

不知过了多长时间，我被主人的儿子（我该称他新主人了）放出来，他似乎皱了一下眉头，最后，他决定把我放到阳台上。

我的心情并不坏，尽管我并不喜欢城市里嘈嘈杂杂的声音。新主人寻来一根绳子，缚住我的腿，另一端绑在阳台上，其实，他大可不必如此，我现在一点也不想动弹。

新主人似乎并不打算马上处死我，因为他取来一些大米，还有一些水。他的妻子和儿子还夸了我一句什么，之后，他们便不再顾我了。

新主人的心情似乎一直很糟，和他的妻子动不动就要吵几句，起因很

·031·

多，家务事、下岗、孩子入学、单位上的龌龊事。

到城里来的第二天，我便没有了一丝好感，我满以为城市在热闹了一天后会静下来，可没想到，晚上并不安静，我可以很清晰地听到马路上不时经过的拖拉机声。

第三天的早上，我休息过来了，我觉得我该履行一下我的职责。于是，我清晰地打了一个鸣。

结果使我挺高兴，我听到新主人对他的妻子高兴地说，听，那只鸡打鸣了。或许这唤起了他对以前的回忆。

我甚至觉得自己一下子高大起来。

可我的高兴是太早了，下一天，我照例高唱一声，这次他们没有反应，他们睡得很晚，在我唱响第二声的时候，听到有人说了一声，烦人。

可我的天性、我的本能使我无法停止歌唱。

事情有点糟糕了，有人找到了我的主人，说我的声音影响了他们的休息。我知道我的那一刻就要来了。

幸运的是，新主人要外出一天，他顾不上我的事了。那天，他回来得很晚。次日，我开始高唱。我说过，我无法停止。

刚唱过第二声，主人突然就冲出来，很麻利地将我塞进原先盛我来的箱子里。

我突然有了一种悲哀。

在乡下，人们多么喜欢我的歌唱啊！

而我的新主人，是本该喜欢我的呀！

或许，他们是被一种什么东西束缚住了，他们甚至无法面对和接受他们缺乏的东西。我在箱子里再一次唱出声音，就听到局促的脚步声走过来，接着，箱子被狠狠地踢了几脚。新主人的声音，你这只讨厌的鸡！你这只讨厌的鸡！

我发出一声嘶哑的叫喊，这该是我的最后绝唱！

与年龄无关

　　这是我取得律师资格后经手的第一桩案子。我盯着我的当事人的眼睛，说，你必须让我掌握所有的细节，因为，我要为你辩护。
　　但是，从那个年轻人的眼神中，我已经读到了一切。
　　我杀了他，他说，用一把匕首，直接刺进了那人的腹部。他一声都没吭，很奇怪，是吧？他为什么一声都不吭呢？
　　动机？
　　你是问，我为什么要杀他？我在一边喝酒……
　　慢着，你是说你喝了酒？
　　没有，我刚刚坐下！我说，老板，拿菜单来！结果，他在一边就笑了。对，他就在那个时候笑了。我站起来，走过去，问他，你笑什么？他抬起头来说，我笑什么？你这问题真可笑，我又不认识你，我笑什么，你管得着吗？当时，我的嘴里含着一根牙签，我一下子吐在他的脸上……
　　你是说对方向你挑衅？他辱骂你？
　　没有，我现在想起来，他笑的原因跟我没关系，他正在和一个女的聊天，那女的长得挺漂亮的，头发是红色的。我刚才说到哪里了？对，牙签，我吐到他的脸上，他站起来了，他说，你这人怎么这样呢？我说，我就这样，都快二十年了……
　　我看了一眼手头的资料，十八岁！没错，我的当事人已经具备了一个

· 033 ·

让律师很头疼的年龄。

……

他还说了句什么，我没听清，当时，我就觉得，这个人他妈的太可恶了。我嗖地一下就拔出了那柄自制的匕首，很轻松地就给他捅进去了！我说过，当时我觉得很奇怪，他为什么没吭声呢？这让我觉得很不过瘾。我没想到杀死个人会这么扫兴？在电影里面，那杀人的场面多了，多刺激！

你刺他的时候，没想到要杀死他，是吗？

不，我当时就想要他的命！

要一个陌生人的命？

什么人都无所谓。

你为什么要带着匕首？

好玩呗！酷！

也就是说，你带匕首仅仅是为了好玩？

不完全是，还有防身，我经常欺负人，当然也经常被人欺负。

想到会用它杀人吗？

想，说句实在话，有时候这种感觉还特别强烈！

我轻叹一声。没想到，作为我律师生涯的第一桩案子，会让我如此灰心丧气。我想不到还可以从哪个环节入手，来挽回他的生命。我脑子里的法律条文告诉我，这个年轻人肯定必死无疑！他已具备了所有的条件。何况，他向那个陌生的男子刺出那刀的时候，全国的严打正在进行。

一切如我所料，那个孩子——不，应该说他已是成人——很快就迎来了他的死亡宣判。尽管，在法庭上，我竭尽全力，但是，仍然没有为他争取到死缓。当法官宣布那个结果时，我一下就闭上了眼睛！

耳边响起一个女人撕心裂肺的哭声！

我抬头瞧了瞧我的当事人，现在，轮到他呆呆地站着，一声不吭！

在这座城市里，枪决犯人的日子，总是显得与以往不同。法院门口两边聚了悲伤的、喜悦的，或者无动于衷的人。我站在一棵高大的梧桐树下，感觉十分郁闷。我知道作为一个律师，这种心情并不可恕。因为，律师至少应该懂得，自己的当事人应该受到什么样的惩罚。死刑，对于那个人来说，并不冤枉。

　　我想再看一眼那张桀骜不驯的脸，可是，我不会找到了。那个青年人蜷缩的身影，证明对死亡的恐惧已经在他身上得到了体现。

　　警车越驶越远。

　　我的目光掠过重重树叶，直视苍穹。

　　这时候，我看到了另外一张苍白的脸。那是我的当事人的母亲。

　　我没有办法让他活下来。我带着歉意说。

　　她没吭声。

　　他还这么年轻！——可他偏偏却满了十八岁！

　　你的意思是，要是他十七岁，就死不了？

　　当然！那样，他就到不了刑事责任年龄。

　　那个女人突然就把嘴张大了！

　　我的心也随之一下提起，你还有什么事情没告诉我？

　　女人嗫嚅道：……为了能让他去当兵，我们托熟人给他更改了年龄。可没想到，兵没当上，却出了这事……实际上，今年他刚好十七岁！

希望有封信

那时他塞给她一个纸条,上面说,叫你爸爸妈妈快逃走,有人要抄你们的家!可爸爸看后很平静,爸爸说,哪里逃?全国各地都是这样。

因此,他们没逃。因此,爸爸妈妈被一帮人推来搡去走在大街小巷上。

那是他给她的第一封信。尽管没有起到信里希望的效果,可她对他的一辈子的感激由此开始了。

严格来说,那时他们还是孩子。

当他们再次坐在教室里,他们已是青年人了,他们开始了真正意义上的通信。不久,他们分别到了农村,他们必须在那一片片广袤肥沃的土地上接受新的教育。他们离得很远,可他们感觉到了前所未有的贴近,那是心与心的靠拢,而缩短这距离的,正是那鸿雁一般的信件。

许多年以后,她手里捏着儿子寄自大学的一张贺卡,眼前忽悠悠一闪,就闪出这一幕幕场景来。

她开始努力回想,那种收到信件后的欣喜,是什么时候悄悄消失的。

是回城以后么?那时,他们都进了工厂,厂与厂之间不远。他们已不需要通信了,每次分手时就已定好下次见面的日期,何况,厂里有电话可以打。

再后来,便更不可能了,结了婚的日子注定失去许多浪漫,而被一项项实际内容填满。疲惫，忙碌，成了生活的主题。他厂里效益不好，便辞去公职，自己干，干着干着就有了眉目，就有了自己的公司，而这样只能使他变得更忙碌。除了那张贺卡，儿子也不会寄给她哪怕只有一个字的信。家里有电话。儿子的声音时不时从电话里传出，妈，儿子叫着。她便一边说一边笑，你又需要钱了？

儿子有时会轻轻一笑，什么？写信？妈，别老土了，现在人家都用"伊妹儿"了。

儿子的许多话她根本不懂。

至于丈夫，更没有写信的理由，丈夫光手机就有两部，为了使她在菜市场上也能被找到，丈夫曾建议她也去看一个合意的手机。说，反正现在买手机就像买一根黄瓜一样便宜。你可以学着发短信。

可她仍然憧憬着有人给她写信。

疾病是悄然而至的，发觉的时候，才知道已经太迟了。在她觉得要离去的时候，说出了一句让丈夫品味良久的话，我们其实是因为信才走到一起的。她顿了顿，叹口气，可惜我多少年没收到一封信了。

她已经来不及收到丈夫为了挽回一点什么而托人寄给她的那封信了。

她的丈夫在她去世后的几个夜晚，静静地坐在他俩的房间里，彻夜难眠。

一天，当他打开了她精心收藏的那个匣子，他愣了愣，那里面是他们俩的全部通信。最上面的，是一张字迹纸张皆变了颜色的纸条。

此后，他有了一个习惯，每天晚上都要静悄悄地燃烧一些什么。

儿子有一次发现了，问，你烧的什么？

他说，信。

锁 爷

　　锁爷其实并不老，看上去是老相点，这倒是真的。称其为爷，纯粹是针对他的好手艺。锁爷当然不是造锁的。他开锁。

　　锁爷有件工作服，很是奇特。据说，是他自己设计的。从前头看，左边雪白，右边漆黑。雪白的区域，用黑丝线绣一把大钥匙。漆黑的地方，则是白丝线绣的一把锁。胸前背后，各有图案，很醒目。锁爷还一直骑着辆旧踏板车，缺少后视镜，没有转向灯。像个葫芦脑袋。排气管子的声音，噗噗噗作响。

　　喵！这行头，往大街上一走，想不扎人眼球，也难。

　　路口上，交警都熟悉他，嘿嘿笑着打招呼，锁爷，换辆车吧！锁爷也乐。锁爷说，这辆就蛮好，蛮好！

　　锁爷这人基本上没脾气。

　　但活路倒真的是蛮好。

　　谁家有健忘的，到家门口，浑身上下摸钥匙。找不到！掏出手机来，打给朋友。朋友往往大着嗓子，找锁爷去啊！一会儿，锁爷就到。锁爷从不让人久等，不管刮风，还是下雨。锁爷噔噔噔上楼，有时额上会渗着汗。手里，则永远只捏一根细铁丝。不熟悉他的，会狐疑，就这个，能行？锁爷不搭腔，把那细铁丝塞进锁孔，闭着眼睛。一挑，一挑。咔嚓，开了！前后不过三四秒钟！

那人递钱来，内心或许复杂得很，既感激，又不怎么放心。开锁这么简单，那还要锁干吗？锁爷却把手一摆，扭头就走。锁爷从来不收费。

所以，有人就说，这人傻。

他的确是傻。有天晚上，家里闯进一条大汉。脸色冷峻。啪一下，甩个厚厚的信封在桌子上，说，锁爷您只要教我手艺，我会把你当亲爹！锁爷微笑。锁爷说，老头子不缺钱。次日，街上行人见锁爷鼻青脸肿，骑了那辆破车走。但锁爷依旧很开心地笑着。

就这么一个人，突然说没就没啦！

锁爷死法却也怪。他那细脖子上，有一柄大锁，死死扣着。警察打不开锁，去翻找钥匙，没找到。于是，查找制造商。费好大劲儿，最后确认，那是锁爷自制的。

消息一传出来，谣言四起。

说法一，锁爷系他人所杀。

杀人者家中被盗，损失惨重。警方破案速度慢了点。于是，这人认为，曾给他开过锁的锁爷嫌疑最大。一气之下，就杀了人。但对这谣言，大多数人边听边摇头，锁爷？他，怎么会是那种人？

说法二，锁爷被黑道上人做掉。

锁爷这套瓷器活儿，绝对是发家致富好帮手。就引起黑道同行密切关注，意欲拉他加盟。锁爷脖子一拧，还那句话，老头子不缺钱！黑道人心狠手辣，谁跟你客气？以其之道，还施彼身。顺手摸过锁爷自制的大锁，咔嚓一下，把他锁上了！想想以前发生的事，这个说法，倒能立住脚。

自然，还有说法三、说法四。

警方却很快就得出结论：锁爷是自杀的！

自杀？怎么可能？那么开朗一个人！

但既然有结论，那就得让锁爷尽快入土为安。

可在这城市里，锁爷一个亲属也没有。问他的老家，街坊邻居都面面相觑，谁也说不准。没有亲属，倒也不算难事。好些个邻居旧友，都跑来，自愿为锁爷处理后事。一个老爷子甚至哆嗦着胡子说，不仅办，还得按规矩办!

　　锁爷的丧事,果然就办得很体面。院内院外,花圈五颜六色。硬是像把个春天呼啦一声扯进小巷。

　　不过,倒还有一桩麻烦事——锁爷脖子上那把锁,谁也打不开。你说,哪能让锁爷这个样子到那边去,多受罪啊!

　　众人想了老多点子。找来好几个牛气哄哄的开锁匠,一个个都低着脑袋出去。那把锁,纹丝不动。一群人围在锁爷身边,无计可施。

　　这天,忽然打外面走进一个女人。女人嘴上捂着口罩,眼上遮着墨镜,穿一身黑衣。一进门,就扑倒在锁爷身上,放声大哭!众人都傻啦!

　　还有更让人傻的事!

　　女人终于停住哭,却拧着身子,从口袋里慢慢取出一把钥匙。女人跪在锁爷身边,俯下身子。嘴里似乎嘟囔一句什么话,大伙儿都没听清。女人左手轻轻托着那把锁,右手捏着那把钥匙,一点,一点,插进锁孔。

　　像是怕吵醒梦中人。

　　周围的人,脖子被那把钥匙拉得越来越长。

　　咔嚓!一个美妙的声响,钻进每个人的耳朵!

　　那声音响起来时,锁爷的喉管里,似乎发出一道舒畅的呼吸。

　　女人终于不哭了。

　　女人痴痴地坐了好久,然后,回过身来,冲着在场的那帮人扑通跪倒。额头碰在坚硬的地板上,砰噔一响!众人都伸伸手,想去搀扶,却又顿住。女人遂起身,慢慢向门外走。走到门口,忽然转过身来,盯看锁爷好一会儿,这才离去。整理锁爷遗物时,有人从褥子底下"啪嗒"一下甩落一个本子。那人就翻开来看,字迹很清秀,却是日记。大家都围过来,都想揭开一个谜底。一边看,一边摇头叹息。

　　最后一页,只有一句话:这世上,只有一把锁,让我琢磨一辈子,还是打不开。

老 六

老六说，我在车站。我说，去接你吧？他说，不用不用，我知道路。

当时，我正在厨房里，对付一条活蹦乱跳的鱼，两手都没闲着，手机是闺女举到我耳朵边的。

闺女就问，谁呀？我说，你六大爷。闺女一咧嘴，我家的大爷咋这么多？

我一边刮鱼鳞，一边说，你爷爷那辈，有老兄弟七个。到你爹这一辈，男孩子开始排行，你知道有多少？十五个！排行，你懂不懂？就是咱们家族里面，整个儿同辈的男子，按出生年月排序。闺女说，这我懂。六大爷排行第六。那你排第几？我说，我排老九。闺女哈了一声，你咋排这么一个号呢？

老六是我大爷家的第三个儿子，其实比我大不了多少。准确地说，是大三个月零三天。

老六摁门铃的时候，我已经整出一桌菜。我知道老六爱喝啤酒，早去门口的超市搬来两箱。老六进来了，用塑料袋提个西瓜，在客厅转了一圈，似乎没找到地方放。我媳妇赶忙接过来。老六低下头看脚，说，需要换鞋吗？我摆手，不用不用！他就搓着手站在沙发旁。我说，坐啊，你看我都准备好了。

闺女从她卧室走出来，老六刚向前弓着身子坐下，又站起来，啊呀，这孩子长这么高啦！我扭回头来。闺女说，六大爷好！老六笑得很开心，稍微有点夸张，脸上的皱纹，更加星罗棋布。他的脸好像更加瘦了，下巴尖尖的。突然又说，忘了洗手了。再次站起来。回来后，又说，天真热啊，怎么这么热？我问，老家没这么热吧？老六大起声来，一早一晚的还盖被子呢！

开始喝酒。媳妇一个劲儿地让菜，六哥，尝尝这鱼，吃呀，肉末粉丝得趁热吃。老六伸手拿起筷子，在就近的盘子里夹起一点，放进嘴里，随即放下筷子，双手并着夹在膝盖里。

闺女举着筷子指点电视，猪八戒怎么那么笨哪？我说，别守着猪说猪笨，我跟你六大爷，都属猪。老六也幽默一下，你看我和你爸爸，哪个更像猪？闺女端详着他，我爸像，你不像，你像长颈鹿。老六的脸再次蹙成菊花。

但不一会儿，又沉默了。我说，喝一个。他便举起杯。媳妇热络一阵，也就没了话，不住地扭头看电视。老六把手伸进口袋，又抽回来。额角亮晶晶的。我说，你把褂子脱了。他说，没事。一人喝了两瓶，老六要求吃饭，很坚决。我说，这才喝了多少啊？

吃过饭，我建议出去逛逛。老六立刻站起身来。此时，路灯亮了。街边小吃摊摆出来了。老六伸手掏出一包烟，递给我一支。我说，我忘记给你拿烟了。老六嘿地一笑，算了吧，我知道你媳妇不让。老六呼出一口烟，声音很大。再次说，可把我热坏了！我说，我让你脱了褂子嘛！他说，当着弟妹的面，哪好意思？他把褂子脱下来，搭在肩上。

转过街角，大广场上聚满了人，在跳舞。老六驻下，看了半天，眼里亮闪闪的。我忽然想到，老六到现在还单身着。又向前走了一阵，老六突然提议，再去哈点？

我一愣，怕听错了，哈酒？

我这才意识到，老家把"喝"是称作"哈"的。

他像是不好意思一样，我觉得还没哈够呢！

我说，想哈咱回家呀，我整了两捆哪！光做菜，我就费了一下午工夫。

在你家，哈不起来。

我恍然大悟，那好，返回，去路边那小摊。于是，我俩在路边一张小桌子旁坐下。我回身招呼，炒两个菜！土豆丝，辣一点。肥肠，也要辣。一捆啤酒，冰的。老六一伸手，把背心也脱掉。然后看着我，你也脱了吧。我一笑，这不好，马上奥运会了。老六就又把背心穿上。

啤酒倒上，老六端起来，来，干一个。我举起杯子，笑，你说咱俩这叫什么事？老六嘿地一笑，伸手去抓碟子里的毛豆。老九，你知道吗？我就想来跟你哈个酒。你一年到头，也回去不了个一两次。我说，是啊，一年到头忙活。

再忙也得回老家呀，看看老宅子，兄弟爷们儿凑凑。

我心道，我何尝不想？叹口气，举起杯，一饮而尽。

你说，就这天气。在这城里，像火炉子一样。咱们山顶上，院子里，呼呼的小风刮着，菜园子就在天井里，摘几根黄瓜，几个西红柿，拿水龙头上一洗，咔哧咔哧啃着，那样哈点啤酒，多好啊！

两三瓶酒下肚，老六话开始多。

而且，有了新建议，划一拳咋样？

我看看四周，不行，警察会抓咱们。

他搔搔头皮，这样，压指头，谁输了谁喝。我说，这主意不错。划响拳，我是不敌招的。但压指头，我还是略占上风。不一会儿，老六已输掉两瓶。他舌头开始拧。他说，来，剪子包袱锤，我就不信我整不过你。我说，那我更不怕，我整天跟你侄女练，不信你就试试？结果倒出我意料，我开始大输。

我们准备离开的时候，一个小姑娘蹲在那里，数了好半天酒瓶。回到小区，在水池旁边，我跟老六坐在那里，胡吹海侃，一直到深夜，说了些什么，都忘了。第二天一大早，我还没醒，就听到手机响。迷迷糊糊接起来，居然是老六！我看看身边，已经没有人。我们是一起睡在客厅的木地板上的。

老六说，我已经到车站了。

我在城里住了将近二十年。乡下的老六这是第一次到我家里来。

进 城

那天一大早，奶奶就出了家门。

奶奶是小脚，一摇一晃，走得很慢很慢，在山路上就更慢。从山上走到山脚下的公路，得有三四里路，奶奶足足走了四个钟头。她不能走快，一快就喘得不行。那时候，奶奶担心会把老命断送在这段路上。

我可不能死！她嘟囔着说，还有好多事呢！

坐在公路边，她后悔走得太急忘记带根棍子拄着。不过，总算是到了路边。

她把手伸进棉袄里面的口袋，里头有块手绢，手绢里，包着二十一块钱。进城需要四块。上车后，奶奶跟卖票的女人商量，三块行不行？女人一脸麻子，声音很呛人，没钱就趁早下去！奶奶说，我可不能下去啊！她一层一层打开手绢，把那些一角、两角、五角的钱，一张一张数给那卖票的。

奶奶刚把手绢往口袋里掖好，感觉要坏事，要晕车！奶奶这辈子很少进城，也很少坐车！那滋味让她很难受！东西南北，都分不清了，脑子也开始犯迷糊。早晨起来喝下去的那碗蛋汤，随着车的颠簸开始翻腾。奶奶刚要喊，闺女啊闺女！她想要个塑料袋。可没等说出那意思，鸡蛋汤就涌出来，全吐到车里。卖票的女人骂，这么大年纪不死在家里，窜出来干啥？

奶奶说不出话，心里却说，谁愿意无缘无故出来受这份罪？

终于到了站，奶奶下车后，一屁股坐在路边，一个钟头后才站起来。她打量着眼前的县城，觉得楼真是高啊，密密麻麻的。车真是多啊！满大街地窜。她不知该往哪儿走，就问路边躺在三轮车上的小伙子，去水泥厂咋走？

小伙子说，有三家呢，你说的哪个？奶奶当时就愣住！谁想到这城里会有三家水泥厂呢？只好一家一家地找了。小伙子一笑，三个厂在县城三个角上。就你这小脚，要走着去得三天三夜。我拉你去吧？

三天三夜也得走啦！不能坐车。钱得省着花。扣除回家四块，还剩十三块。三天三夜？我老天！总还得吃点东西吧？奶奶想。

她开始往最近的一家走。沿着街道一边走一边琢磨。城里可就不一样呢！难怪村里的小青年都喜欢进城啊进城的。孙子当时就说，奶奶，我去城里，不管干啥都比在这地里强。

强什么呢？不跑到城里来，会出那事？

奶奶一路打听着，渐渐却走出城市，走向城郊。天一线一线黑下来，奶奶觉得有点饿。整整一天，肚子里只有早上那碗蛋汤，还都吐到车上。而且，此时她浑身疼，快要走不动了。

可走不动，也得走！就是爬，也得爬了去！

幸好，路边有一根槐木棍。她捡起来，拄在手里，觉得挺高兴。不一会儿，看见路边有个卖馒头的。她买了一个，坐在那里就吃起来。卖馒头的女人和善，说，老太太你咋这个吃法？我给你倒碗热水去。要不你去我家吃。奶奶说，不用！我得接着赶路。水泥厂快到了吗？答案让奶奶兴奋。快了，就在前面。

可奶奶站起身就兴奋不起来了。她怎么也找不到那手绢！手绢里包着她所有的钱呐！奶奶哭起来。奶奶说，不能啊！就在这里面的。可是钱的确找不到了。现在连买馒头的钱也没了。

女人倒好说话，不用找了，不就一个馒头嘛！奶奶说，我这辈子从来就不欠别人的账，等我要了钱，回来就还你。女人说，不要你还。你要吃再拿一个。奶奶说，不用啊，我饱啦。奶奶急着赶路，再不走怕是要睡在荒郊野外。女人顺口问，你去跟谁要钱？

奶奶回答，跟水泥厂的领导。

水泥厂还欠着你钱？

倒不欠我钱，欠我孙子的钱。

那你孙子咋不来要啊？

他？现在不出门啦。整天窝在家里，除了哭，就是睡。

哎哟，还有这样的孙子！他爹妈呢？

他爹没了，她妈跟人家跑啦。是我把他拉扯大的。

你这是去要什么钱呐？

奶奶站在那里，忽然伤心起来。什么钱呐？俺孙子的脚钱！俺孙子进城的时候，好好一个人。回去，就没了半只脚。他们水泥厂怎么也得给个说法吧？要不孩子这辈子怎么活？他还年纪轻轻的，瘸着一根腿，怎么找媳妇啊？

卖馒头的女人张着嘴巴，不再问了。

奶奶就继续往前走。一边走一边想，那钱怎么就没了呢？

一周以后，孙子瘸着一条腿，走出了莽莽苍苍的大山。那时候，他才推测奶奶去了城里。

他想，无论如何，得把奶奶找回来啊！

稗 类

子曰跟麻子是邻居，都住一破楼里。楼里很乱，一下班，走廊满是人。有时，不怀好意的男人，手里提着东西，跟女人会车，刻意弄错方向，张着手，脸贴脸，那么蹭过去。硬是蹭出小半天美妙。

这事，子曰做不大出来。他是老师，基本也算作家。得注意点公众形象不是？尽管，有时会浮想联翩。浮想时，也能一脸幸福。

麻子不一样。麻子平时就属螃蟹。逮到这机会，一般还很螃蟹。但他逮到几次机会后，就再也逮不到了。女人被他蹭怕了，都远远地躲他。

子曰跟麻子从小一块长大。但大了后，不知咋的，见面却不太说话。人嘛！就这样。鱼找鱼，虾找虾。可后来，俩人却进行过一番交流。

子曰后来一想起这事，就忍不住想抽自己两个大嘴巴。

楼下有一小片草坪。草坪边，有张七十年代连椅。供不太在乎条件的男女谈恋爱使。后来，楼上的男女不屑用。子曰瞅过几次，偶尔没事，屁股下垫张报纸，坐那里看书。

那天，大约快到中午，麻子一脸困状走出楼来。看天，看地，然后，看子曰。麻子冲他走去。走到跟前，子曰才抬头。麻子问："带火了吗？"子曰答："我一直不抽烟。办公室的老师都抽。就我一个人不抽。抽烟没啥好处，对身体不好，还浪费钱。"

麻子皱皱眉头，转身就走。可不知动了哪根筋，又一回身："看什么呢?"

子曰递书给他。谅他也看不懂。所以,夹杂一丝炫耀。

"小——说——牌(稗)——类?"麻子一字一顿,"我靠,你也研究牌?"

"这字儿不念'牌',念'败'。"

"败类?"

子曰那股文人脾气上来了。

"小说,不是小——说。小说是文学艺术门类的一种。这'稗'呢,是一种草。杜预为《左传》做注,就说'稗,草之似谷者。稗有米,似禾,可食。'也就是说,能凑合着吃。不过,狗肉上不了大席。大年三十的兔子,有它没它都一样。"

"你的意思就是杂碎、渣子?不就败类吗?"麻子一脸严肃。

"可以那么说,但,不一定非那么理解。"

麻子不说话,转身就走。

子曰还想跟他解释一句话,"苟为不熟,不如荑稗",就是米谷长得不好,还不如那些稗子!可子曰感觉麻子不感兴趣,于是作罢。

麻子一边搓着胳肢窝里的灰,一边往楼上走,那脸形就很难看。就连一个女人迎面下楼,他都视而不见。往常,他会站在顶上,透过人家领口,看阵子风光的。

子曰继续研究那书。

子曰看得很入迷,完全没想到自己一看就是半天,更完全没注意,从胡同口悄然走过两个人物来。其中一个,头发呈红色,脖子上系根很粗的黄链子。另一个,光亮的葫芦头,胸口纹一大鹰。左臂上,排列四个不规则的字母"F——U——C——K"。

那俩人直冲子曰走来。

子曰瞧见面前四条腿,猛地抬头。于是,腿肚子开始哆嗦。

红头发嘴里有块口香糖,不知嚼过多久。此时,很绅士地取出来,吧唧一下,摁在子曰额头上:子曰前额,顿时光芒万丈。葫芦头伸出左手中指、食指,捏起子曰手里的那本书,用右手食指轻轻弹一下,小心翼翼放在子曰身边的长椅上。子曰感觉这俩人动作很美学。于是,大胆提问:"你们——?"

话音未落,红头发左腿弓,右腿蹬,左拳护面,右手啪就是一个直拳。这拳正中子曰鼻尖!子曰鼻孔处,一股麻辣,呲儿一下,蹿向半空!接下来,葫芦头一把揪过他的衣领,往面前只一拉,抬起膝盖,"咚"地一下顶在胸口!子曰本来想去堵鼻子里的涌血,现在,只好慢慢下坠着去捂肚子!像一个失去重心的麻袋,慢慢地,慢慢地,接近地面。

子曰的脸贴到地面那一瞬,发现一根草的两片叶子上,托着一滴晶莹剔透的血。

葫芦头慢慢蹲下来,把子曰的脑袋拨拉过来,笑呵呵地问:"你说,谁是败类?"

子曰无话可说。

他晕了!

子曰在医院躺了整整一星期。

第六天,麻子提一袋水果来看他。子曰一见麻子,立刻伤情加重。麻子坐下,一脸笑:"你看,咱俩打小一块长大。打架这事,你能做吗?你也不喊我!"子曰嘴角抽搐半天:"麻子,兄弟,太急,太快,根本来不及。"

麻子伸出手,抚抚子曰的腮。叹口气:"咋打成这样呢?你也忒不撑打了。"临走前,麻子突然回头:"子曰,那败类究竟是咋回事?"

子曰浑身一哆嗦!子曰赶紧笑:"麻子兄弟,那个字儿,的确念'牌',它不念'败'!"

麻子呵呵笑着指着子曰:"你这人,真幽默!"麻子走远。子曰突然拿头撞墙,攥紧拳头敲枕头。然后一声长啸,喊道:"F——U——C——K!"

锁 住

拴住给我打电话:"哥,锁住受伤啦!你能来一趟吗?"

我正在开会。我们领导正在展开一个黄段子。每周一都得开例会。一开一个上午。会议一般没什么主题。无非是摆摆八卦阵。领导认为,这种会不开,绝对不行的。不开,人心散了,队伍就不好带了。

我压低声音:"我这儿开着会呢。"说完,扣了电话。

正领导讲完那个笑话,第一副领导开始讲,说手机上刚发过来的。我们有四个副领导。第一副领导讲完,另外三个开始扒拉手机。

我也扒拉,但我不是看短信,是拴住又打进来。

"你能不能请个假?锁住他伤得很厉害。"

"伤了哪里?"

"脚啊。整个脚面都没啦!"

我忽地一下子站起来,往外就跑!

大家都愣了。

领导咋呼:"小宗,咋回事啊?"

我煞住车:"我表弟受伤了。"

领导说:"表弟受伤,你也管?"

我说:"他的脚没了。"

领导哦了一声:"那你去吧,去吧。"

锁住是我大姨家的，拴住则是我二姨家的，都是表弟。这样，你就明白了我们仨的关系。我是老大，各方面都是老大。不但是年龄，而且我总算有职业。大学毕业后，我就成了个城里人。而他俩，是来城里打工的农民。他们打工的地方，是一家水泥厂。我们仨，锁住最小，兴许还不到十八岁。他学习不行，自己退了学，跟着拴住跑出来混江湖。二姨就这么一个儿子，其他都清一色丫头。所以，宝贝得不行。放在家里干活儿，心疼，出来打工，也不放心。

没想到，出了这种事情。

我赶到医院的时候，锁住已经进了手术室。拴住坐在门口的台阶上，两根腿伸着，歪着脑袋抽烟。我走过去的时候，他站起来，眼里有泪花儿。

"医生说，等不及了，得截肢。"

我说："谁让截的？截了肢，他以后咋办？"

拴住抽泣着："那有啥办法？你没看见是啥情况，整个脚面都碎了。"

我原地转了一圈："咋弄的？你不是和他在一起吗？"

"我休班，在宿舍睡觉。人家来喊我，我才跑去。一看，就吓傻眼啦！他把脚伸到搅拌机里了。"

我也点上支烟，呼哧呼哧吸。

"咋不早喊我？"

"我吓晕头了，怎么也找不到你的手机号。好不容易查到，你说你开会。"

"你也没说这么厉害呀！你说，这咋办？"

"我知道咋办，还叫你来？这下子，二姨还不得把我骂死，是我把他拉来的。"拴住哭起来。

二姨家没电话，我打了一圈，才找到她村里书记家。二姨半个小时给我打回来，还没等我说完，我听着那边叮叮当当响起来，估计二姨当时就瘫了。

然后，我开始计算二姨什么时候来。从她那个村下山，得用四十分钟。这是最快速度。那地方自行车也没法骑。如果顺利，刚好赶上车，到县城得一个小时。再顺利，从县城到这座城市五个小时。现在，上午十点多点儿，那么，下午五点左右差不多来了。

二姨是当天夜里十二点左右来的。

就她一个人。

我根本没机会问，她究竟是怎么来的。

那个时候，锁住的左脚已经消失，切掉了。他处在昏迷状态。

二姨掀开被子看了一眼，一句话也没说，就出了门。我跟拴住对视一眼，随后跟出来。我看到二姨贴着医院的走廊墙壁往前走，拐一个弯，再拐一个弯，又是一个弯。二姨就那么一直走着，走着。好像找不到路。最后，我忍不住，跟了上去。我说："二姨，咱回去。"二姨一个手扶着墙，回过头来，说："怎么到处是人呢？"

我把二姨领到院子里。

二姨蹲在一丛冬青树后，呜呜哭起来。

我准备扶着二姨回去的时候，拴住跑出来。拴住说："快点儿，哥，快点儿，锁住醒了。我一个人弄不了他。"

我们一起往回跑。

锁住把针管给拔下来，躺在那里，一动不动。我赶紧跑过去看。一看就愣住。锁住把嘴唇给咬破了，满嘴是血。二姨扑过去，抱着锁住。锁住看到二姨，那声哭就像火山一样喷发出来。锁住搂住二姨的脖子，哭："娘啊！娘啊！我的脚呢？谁叫他们切我的脚的？"

我把拴住叫到走廊里。递给他一支烟，打火。他把烟拿牙咬着，双手拢起，凑过来。灯光下，那支烟在抖，手也在抖。那双手上，到处是裂纹。

"你们厂领导呢？"

"一个副总过来，签完字走了。"

"弄不好，得跟他们打官司。"

拴住突然又哭起来:"跟谁打?这个厂子是个人的。老总在昨天就不见人影儿。他们说,卷着款跑了。"

我张大嘴巴,半天问:"这种厂子,你还待在这里?"

"还有三个月工资没发呢。"

我们吸完那棵烟,接着,又吸了好几棵。脚底下的烟头,七零八落。这时候,二姨走过来了。二姨问:"你知道哪里有卖烧纸的吗?我得去他们厂子里一趟。在他出事的那里,烧点儿纸。顺便,得把他的魂儿叫回来。"

老人与花

　　老人住在路边一间平房内。平房对着马路。平房后面新起了一幢高楼。阳光一照，很惹眼。老人每次看，都眯起眼睛。看罢，背着那条斑驳的蛇皮袋，一晃一晃，走进屋里。

　　老人是捡破烂的。蛇皮袋里，盛了酒瓶、易拉罐以及塑料壳、废纸之类。老人回屋，把那些东西呼啦一声倒出，然后坐下，一样样分开。分完了，或抽一支烟，或摆上一碟小菜，开启一瓶白酒，倒进酒壶。一例是坐到门口，朝马路望去。路上车多，人也多，嘈嘈杂杂，很乱。但老人乐此不疲。冷冷地瞧。

　　一天，老人屋里呼啦啦挤满了人。一会儿，又呼啦啦散去。

　　隔壁修补自行车的老王头扭头问，来干啥的？

　　老人夹着蛇皮袋，一边走，一边说，相中我这房子啦，要开饭店。

　　好事啊，这可比你捡破烂挣钱多呀！

　　老人哼了一声。老人说，天王老子来，我也不租。老人依旧去捡破烂。老王头一边噌噌地摩擦着自行车内胎，嘿地一声笑。这老家伙，倔得跟头牛似的。一天晚上，老人正在吸吸溜溜喝酒。有两条人影儿忽悠一下闪进屋。老人吓了一跳，细瞧，却是一男一女。正要说话，男的却打着手势，示意他别出声。紧接着，又几条黑影儿走来，为首的问，大爷，看见一男一女俩人经过这里吗？老人不说话，伸出枯枝般的胳膊望路前一指，就都过去了。

这才端详那俩人，似曾相识。整天在街上混的。

老人就叹口气。

一对小青年道罢谢，要往外走。

老人说，坐坐吧。

俩人惊愕地回过头，迟疑着坐下。

老人再说，咋老是这么混呢？不琢磨着干点正经事？

干什么呢？唉！小伙子叹口气。

开间花店吧。老人指指房子。你看这儿咋样？

可，我们，没钱付您房租，也没本钱哪。姑娘低头说。

老人站起身来，走到床前，取出一个塑料袋，从里面拿出一张存折。这些钱，少了点。你们先拿去用。房租我分文不收。

一对青年面面相觑。好久，才扑通一下跪倒在老人面前。

过几天，花店就开起来了。店里有绢花，也有鲜花。五颜六色，一派生机。姑娘、小伙子脚下生风，脸上，也漾着花朵儿。

老人来了。年轻人赶忙让到屋里。小伙子说，大爷，您就别捡破烂了，给我们当帮手吧。姑娘端过一杯茶，也连说，是啊是啊，我们缺人手呢。老人一笑。老人说，干这个，年轻人懂。我老了。老了啊。

老人依旧去捡破烂。

老人却经常来逛。看到花店生意越来越好，脸上就闪着光芒。

一天，老人却突然问，哪种花是百合？

姑娘指着一簇洁白的花朵儿，那个就是。大爷，您要用吗？说着，就要去拿。老人连连摆手，我只是问问。

老人一连几天不见面。

小伙子问，大爷这几天来过吗？

姑娘答，我正要问你呢。

小伙子就骑了车，四处去找。老人曾说，他住在儿子家里。小伙子按地址去问，却哪里有这样一户人家？小伙子几乎问遍城里捡破烂的人，这才知道，老人根本没有子女。老人现住在城西的一条河边。没了房子住的老人只好搭了一间草棚。

小伙子满脸泪水进屋时，老人已经起不来了。小伙子是把老人背上出租车的。出租车直奔医院。

可还是晚了。

老人弥留之际，抓着姑娘和小伙子的手，好半天说不出话。地上跪着的一对，早就是两个泪人。老人最后断断续续地说，小伙子，我想求你件事。小伙子哭着说，如果您愿意，我们就是您的孩子。有什么话，您就尽管对我们说。

老人说，我死了以后，你能不能，把我埋在河边那座坟的旁边？就是我搭草棚的那儿。还有，能不能给那坟前放两枝百合？

一对年轻人使劲儿地点着头。

接下来，他们按照老人的吩咐做了那一切。当然，在埋葬老人之前，他们询问了很多人。可是没人能够告诉他们，那另一座坟里埋的究竟是谁。

两座坟，静静地挨在那条缓缓流淌的小河旁边。

许多年来，那两座坟前都摆放着一束鲜艳的百合花。

洁白，洁白。

哈 酒

　　写小说的老宗，是回老家过年的。
　　老家在农村，既偏，又远，倒腾三四趟车才到。老宗媳妇自从跟他领了结婚证，就再没去过。她说她害怕老宗家栏里那头猪。农村人上个厕所，得去跟猪争地盘儿。城里的老宗媳妇跟猪斗过几次，彻底投降。
　　老宗现在也斗不过那猪。
　　但你却不能因为这就不回家过年呀！父母在老家，还有一大堆的七大姑八大姨，不回去，说不过去。
　　过年当然得哈酒。
　　老家人管"喝"叫"哈"。
　　老宗酒量还成，那是在城里头。回到老家，就彻底蔫了。城里头哈酒用高脚杯。主陪带一杯，副陪再带一杯。好啦，展开。一般来说，一个酒场哈多少酒，心里有数。老家人哈酒用酒壶、酒盅儿。不起眼的小酒盅，一开始根本瞧不起它，可哈起来，就明白不好计数。忽悠忽悠，哈高了不是？
　　老宗哈高好多次。后来，每次都对小酒盅心存戒备，结果还是吃亏。
　　何况，这几天，酒局安排得密不透风。
　　在城里，老宗连根葱都算不上。比他有本事的，一砖头砸好几个。但一回到乡下，就算个人物啦。村里在外头混成能人的，也就三五个。老宗稳占其一，但名次不靠前。县委看大门的王麻子、县府政招待所干领班的凤丫头，都在老宗之上。老宗虽在市里，在乡人眼里，却只在三四名上下浮动。论交际能力，他还很嫩。文人发疯有一套，你让他耍手腕、跑门子，直接不行。

老宗倒是赚个实在的名声。

村里有到市里的，找到老宗，他总是竭尽全力，多数办不成，就想法弥补，比如把来人灌个烂醉。这人有个好处，不摆臭架子。事办不了不要紧，你得有个好态度。

还有一点，只要在老家哈酒，老宗从不耍赖。这样，每次都很狼狈。只有年三十晚上那场不累。跟老爷子，爷儿俩对着头，不必分主宾主陪。关键是，跟自己老爹哈酒用不着斗心眼。

初一那天晚上，就不一样了。

老宗的几个本家叔伯、堂兄弟一年一度，汇聚一堂。

这次酒局设在老大家。

一开始，几个兄弟都有点拘谨。一个个双手插在两膝中间，搓来搓去，貌似很沉稳。老大先发话，咱老少爷们儿凑一块，废话不说啦，一个字儿，哈！咣当咣当，一气儿带了十二个。说是带一年的酒。老宗闷着头，哈酒，吃菜。他怕一不留神，嘴里溜达出后现代主义来。那不耍飙吗？

接下来，老二带酒，老三紧随其后，老四不甘示弱，吱溜一声，一滴不剩。

老大这时建议，先歇一歇，给老爷子们端个酒。众人积极响应。老四酒量最差，脸红了，舌头拧着，咋呼得倒最响。晚辈太多，一个一个挨着敬，几位年纪高的受不了。于是，推选老大作代表，恭恭敬敬起身，斟满酒，亲手递上。长辈此时面若核桃，笑一声，好儿子啊！没白拉扯大啊！用手掌平托着两个酒盅，另一手慢慢捏起一个，送到嘴边。

老宗觉得很温馨。

多好啊！这才叫过年哪！

这边，开始捉对厮杀。老宗开始话多。话题主要在猪啊羊啊鸡啊，以及地瓜、玉米棒子上。一副不耻下问的样子。关键是，他想与别人沟通，就得主动去找话题。

混战开始。老爷子们知趣地撤离现场。

老大跟老四划拳。嗷嗷直叫！

老宗主动出击，挨个儿喝两盅，脑子就开始生锈。好几次，文词开始随着酒嗝出来遛腿儿。再后来，彻底刹不住车，开始大谈官场腐败，大谈萨达姆、本·拉登。

大谈什么都无所谓啦，反正都晕了。

高潮在这时如约而至。

老四跟老三先出现争执。

老四认为，老三酒盅里还有数滴，可以养条鱼。老三左手捏着酒盅，像举个话筒，冲着老四的脸，我要没哈净，我就是这个！他右手五根手指在桌子上爬了一下。老四一拍桌子，别耍流氓！你一贯这臭毛病！老三把酒盅摔到地上，你个王八蛋，你骂谁呀？老四还击，是你先骂人，还是我？

哈酒前一直闷不做声的老二，挽了挽袖子，"嚯"地一下站起来！你俩要哈就哈，不哈都给我滚蛋！

老宗瞅瞅这个，再看看那个。

一股尿意冒出来。

他跟跄到猪栏门口，一下煞住身形！居然还能记起曾受过猪的欺负。片刻之后，老宗不怕啦！他嘟囔着，我可哈多了，最好别惹我！但老宗一推门，迅速撤回。栏内分明夹杂一股浓重酒味。看来已不止一人捷足先登，且翻江倒海。

老宗还是斗不过猪。

他怕那猪也哈醉了。

老宗正在墙角奋力把尿尿得更直、更远，屋里已乒乒乓乓起来。吵闹声中，居然还有女人！嗒嗒嗒，炒豆子一般。老宗分不出是谁家婆娘。

他悄声说，跟没文化的人哈酒，真累啊！

可就在一瞬之间，老宗莫名其妙心里一疼！他很清楚，老三和老四从小就这样。哪怕今晚抓破脸，明日照样头对着头哈酒。老宗也很想和从前一样，跟他们打啊，闹啊，拍桌子啊！可做不到啦！

他现在属于另外一个世界。

老宗摇晃着身子，抬起头，目光投向越来越远的漆黑的天空。

有零星的鞭炮声传过来。

感觉一只青蛙

——每个夜晚来临的时候,孤独总伴我左右。

这句歌不经意就给正在驾车的美惠一个感动。美惠登时觉得眼角潮润。同时,敏感地察觉车子颤动一下。她马上警告自己,不许再分心了!

在一个漆黑的夜里,行驶在扭曲如肠的山路上,路侧是黑魆魆的山谷,而且,春雨迷蒙。怎么能够分心呢?她长长叹了口气,顺手取过一支烟来点上,摇下玻璃,将那口烟喷向暗夜时,一股湿漉的春天气息钻进车子来。

美惠把车速放慢,像是在雨中漫步。雨似乎愈加急促。两道车灯上散着白花花的光。地面上,缥缈的烟雾氤氲地浮起来。

拐过一个弯道,美惠的眼前却突然一闪。她的视野里蹦跳进一团生机。

那是一只美丽的青蛙!带着惊蛰过后潮湿的泥土气息,突地闯入美惠的思维。

美惠转动方向盘的念头是猛地出现的。她当然不会允许自己的车从那个小动物的身上碾过去。就在那一瞬,她觉得右前轮突然下沉!车子继续前滑,便如同飞翔在空中的鸟儿。那只青蛙的影子在美惠视线内清晰一闪。然后,她就陷入那个漫长而又美丽的下坠过程。

那个过程中,美惠似乎非常清醒,又像是一派模糊。仿佛是一个梦,恍惚间又不像。四周转瞬人声喧哗，却又一片漆黑。朦胧中，她感到自己躺在一个温暖的怀抱里。周围弥漫着一股清新湿漉的气味。看到那只青蛙的时候，鼻子里钻入的就是那种气味。有一瞬，她是清醒的。尽管眼前什么都看不到，但她能够感受来自身体某个部位的疼痛。但当她疼痛时，总有一只大手悄然抚摸着疼痛的位置。那尖锐的疼痛于是变得舒缓，变得若有若无。

美惠想说话，想知道自己在哪里，却无能为力。她在一个神秘的领域莫名其妙地游荡。

我在哪里？终有一天，她清晰地听到自己的声音。

你醒来了！有人说。这时，她才感到自己的手被一双大手紧紧握着。

你是谁？她再问。我在哪里？

在医院，你已昏迷好几天了。那个声音充满磁性，是个年轻男子。此时，他似乎伏下身来，那股熟悉怪异的气息再一次沁入美惠的身体。

那么，告诉我，你是谁？

一个等你很久的陌生人。

这话让美惠怦然心动！但美惠的眼睛被绷带缠得紧紧的，她看不到男子的面庞。她的嘴唇动了动，马上就有根吸管递到嘴边。果汁沿着喉咙渗入肌肤的时候，美惠觉得自己像一棵即将干死的小树，缓缓地苏醒过来。

有一刻，她听到一个小护士的声音，你好福气，瞧这个小伙子多么疼你。她脸上顿时一热。护士走开，她把自己的小手软软地放进另一只手里，谁也不说话。但她感觉到了那男子的心在突突跳动。

就在那一瞬，美惠知道，自己现在一刻也离不开那个男子了。

可是，我看不到你呀。那天，她说。我多想看看你的眼睛。

你会看到一切的。男子语气里却含了一丝忧郁。

一天上午，男子突然幽幽地说，你就要能看见东西了。美惠非常高兴。她完全没注意男子的语气。她在想，我终于可以看见他的样子了。

她果然很快就能看到了。大夫给她拆开绷带后，她第一句话就问，他呢？

大夫眼睛里满是惊疑，他是谁？这病房里一直就你一个人。

可那个陪我的男人呢？

几个大夫面面相觑，从头到尾都没有人陪你的呀！我们大家还觉得你肯定很孤独。

美惠在医院的角角落落疯狂地寻找了三天，没找到。

现在，美惠从方向盘上抬起头来，脸上，早就满是泪水了。

车子停在路的中央。雨似乎早就停了。或者，根本就没下雨。

美惠恍惚间觉得自己已经下车了，她在那段路上四处寻找。路面上空空如也，那只青蛙的影子早不见了。她又往路边看了看，路边的断崖下，草木蓊郁，丝毫也没有曾经坠车的痕迹。

美惠再一次，或者也许是第一次，走出车门。她抬头看着漆黑的天空，鼻子里异常清晰地钻进那股清新而又润湿的气息。

她忍不住狠狠地呼吸着，直到再次泪流满面。

女人花

梅艳芳的声音。

她一上出租车，还没坐稳，心已被吸去。

"女人如花花如梦。"

"女人如花花如梦。"

她脖子一扭，眼前已是模糊，赶紧从包里取出墨镜戴上。

送下两位公司的客人，她就要去见他。他已经打过三次电话，此时，他就在旅馆里，等着她前去赴约。这样的境况，已经多少次？她记不得。此时，为什么一听到这歌，一想到梅艳芳垂首吟唱的画面，她却没了一丝激情和欲望？

两位客人都是徐娘半老，聒噪得像不安分的麻雀。如果不是老总一再嘱托，她是不会送她们的。

"知道吗？我那邻居老张，都快五十的人，最近有外遇啦！"

"是吗？"

"可不？那女的比他小十几岁。"

"还有这种女人？"

这歌，无论如何是听不下去了。

司机一伸手，把音响声音调大。她这才注意，是一个女司机，也戴着墨镜。此时，居然探手摸过一支烟来，塞到嘴里，暂时顾不得点燃。她一瞧，抽的竟是男士烟。不知为何，她顺手也从包里取出一支烟，拿出打火机，打火，先递给女司机。女司机接过打火机，燃了。她也点燃，两人一左一右，冲窗外各喷一股烟雾。

后面两位，沉默半天。然后，继续侃。

"男人哪，个儿顶个儿这样。"

"以我说，还是怪那第三者，干什么不好？明明人家有家庭，有老婆，她半路插一脚，算怎么回事？"

她心里一揪。她在想，我和他呢？是什么缘故？难道在世人眼里，就是如此？就是如此？那司机却冒出一句："我看该杀！"

她扭头看女司机一眼，不明白她的意思，到底谁该杀？男人还是女人？

女司机不解释，但车子扭了一下。她感觉到了，但她没吭声。

沉默。

三个女人一台戏。此时，四个女人，都沉默。

梅艳芳的声音。

终于，客人到站了。她打开车门，出于礼貌，送两人下车。

再坐进车里，刚想说咱们走吧却顿住。那司机伏在方向盘上，失声痛哭。她问："你怎么啦？不舒服？那我换辆车吧？"

司机抬起头，摘下眼镜，居然眼睛红肿："妹妹，你能陪我说会儿话吗？"

她愣住，看看车上的表。但她却点了点头。

司机要把音响声音关闭，她制止："不要，让它响着，我喜欢这歌。"

"知道我为什么哭吗？我不知道现在该怎么办！我找不到他，我白天黑夜辛辛苦苦到处跑，挣钱供儿子考大学。他却在外面鬼混！你说他是不是人？"

她的心一缩，忙把视线移向窗外。

"你觉得，是什么原因？"

"能有什么原因？还不是男人都花心！我们刚结婚那时候，日子过得紧张，可也没这些事情。这几年，我辞职开出租车。他辞职进了一家外资企业。生活没什么大问题。男人有钱就变坏，就这原因。"

她在想，那么他呢？他们之间是什么原因？

他也是，男人有钱就变坏？

她转过脸来打量女司机："你今年多大？"

"三十六。"

"我们俩同岁。"

女司机一愣。"你不像。"

"是啊，你没想一下，是不是你平日不太打扮，不去吸引他注意？"

"我不是没想过，可是，你看我这职业。停了车，我会去美容院。可是，我现在打扮有什么用？他不回家，他不会来看我。即使是回来，他也是心不在焉。"

"你就没想过，你们之间已经没有爱？"

"我们一起相依为命，经历艰难的日子，这算不算？每天早晚，我给他做好饭，收拾好一切，让他上班干干净净，下班舒舒服服，这叫不叫爱？"

"你不觉得，你们之间这些年太平淡？"

"所以，他就去追求浪漫的爱情？可实际上，我非常清楚他，他内心里根本就不想离婚。他丢不下儿子，丢不下家庭。"

这句话猛地一下击中了她。

是啊！他何尝不是如此？

"有时候，我都替那女人难受，你说她图什么？图一副空壳子，图一场虚无缥缈的爱情，最终发现这是个肥皂泡？"

她发现自己在拼命挣扎，这感觉经常出现。她很清楚，他肯定不是女司机的丈夫。可为什么要问女司机一些理由，来解释自己。

这么说来，他迟早是要回去的。

她觉得自己的心，一下悬空。她何尝没有多次体味这种感觉？只是，每次总要寻理由欺骗自己。每次都是身不由己。相信彼此是深爱对方的念头遮盖了一切。难道，最终，最终，真是一个肥皂泡？

她已经听不到女司机在说什么。

她有气无力躺在座位上。

直到手机响起来，是他。她闭上眼睛，任凭那声音敲打她的灵魂。

梅艳芳的声音。

"我该下车了。你要调整好心态，这样开车可不行。"

"我知道这样不行，我已经好几次出现险情，可是……"女司机重又伏在方向盘上，她带上车门，依然走出来。风迎面吹来，她深吸一口。

手机一直在响。

她沿着路往前走，路面砖一块一块往身后移动，走了好久好久，梅艳芳的歌声依旧随着那枯叶盘旋。她猛地一下回转身，她的头发被风吹起。

那辆出租车还停在原地，一动不动。

霸王别姬

水袖漫扬，长剑"咣啷啷"坠地，虞姬轰轰烈烈向后倒去，倒去，千古悲剧涌向极致。

台上丝丝入扣，台下情牵神绕。女人眼里满是泪了。

女人似水，易动感情，爱抹眼泪。

女人软软斜斜偎向男人。

女人哭时，男人不劝，男人搂了女人在怀。

于是，女人觉得好幸福。女人想，找个想靠着哭就哭的男人多不易呵！

女人突发奇想，男人可真像霸王，随即女人又骂自己，男人怎能是霸王？霸王死了，虞姬不也是一样？女人想问题总是很简单，又很复杂。女人想事，男人沉默，男人沉默的样子，女人好喜欢。女人觉得，男人就该是深不可测。一个男人，清澈见底，多俗气！

女人和男人参加工作时遇上好年代，大学文凭炙手可热，女人入企业，效益相当不错，工资奖金一划拉，蛮可观。男人从政，底气十足，让人眼红。男人和女人的结合，从哪个角度都无懈可击。

后来，男人和女人有了孩子。有了孩子的女人就更女人，哭的次数逐渐减少，看《霸王别姬》，也伤心，却不落泪，倒是心底又闪出男人像霸王的影子。生活并不总是平平坦坦，女人竟下岗了！

下了岗的女人想再就业，可女人走上街头后蓦地发现，街头忙忙碌碌的人群中，顺手就能抓出一把大学生来，那张大学文凭越来越不值钱。女人发现这一切后，常常将自己放在屋里，一坐，半天。

女人很失落。女人很失落时，男人的路却越走越宽。男人已得某权威暗示，不久，男人就会成为实职正科。

男人没有过多关心女人。实际上，男人没有时间。即使男人有时间，男人也不会。男人的路太顺。路太顺的人总是被骄纵着。这一点，女人并不怪男人。女人想，女人嘛，天生就是男人的影子。

可不久，女人发现了一件她意想不到的事。

女人发现那事，先震惊，然后就想到死。女人一脚踏一根枕木，像是在数着，脑子里却不断闪现一组镜头：推门，进屋，慌乱的男人，慌乱的女人。

女人突然被人一脚踢倒，列车呼啸而过！车轮与轨道辗出的尖锐声响，逐渐地将女人的心辗向平静。

女人在一瞬间就恍然大悟，男人不是霸王呵！而自己又哪里是虞姬？

女人同男人平平静静地分开。

离了婚的女人似乎变成了男人。离了婚的女人与一帮下岗姐妹在都市一角开了一家小店。女人们的创业艰难可想而知，但发了狠的女人，力量绝不逊于男人。女人们成功了。成功后的女人拥有了自己的事业，也拥有了自己的称谓——经理。女人后来当然又结了婚。

一天，女人后来的丈夫提议，一起去看戏吧？《霸王别姬》。

女人嘴轻轻一撇，不去，没意思。

拧过头来，女人眼里却涌出了泪。

脸 孔

A

在提前上班这个问题上,魏国庆从来都不马虎。

他把皮鞋擦得光可鉴人,头发丝丝后倒,前额光光洁洁。左手握一把扫帚,右手是铁铲子。寻到地上的落叶,慢慢地弯腰,轻轻把树叶扫进铲子。他的装束以及那动作更像是在打高尔夫球。

魏国庆在时间上的把握也相当精确,传达室的老王只要见他提着两件兵器出现,就会对早来上访的人嘟囔,局长的车马上就要来了。魏国庆似乎漫不经心经过那辆车,见局长从车门口下来,总是笑着重复那句话,这么早啊,局长?局长笑笑,有时会打招呼,但多数时候并不吭声。

回到办公室,魏国庆也不闲着。开始打扫楼道、卫生间,以及办公室的地面、桌子、沙发,一点一点地擦,很细。等这一切活儿干完,铺开当天的日报(他在班上从不看晚报),从头版头条开始,研读。他总像一头灵敏的警犬,第一个嗅出新闻报道中透出的别样味道。然后,捏着报纸,踱到另一间办公室,和同事展开交流,极有条理且证据确凿地表明他的政见。

魏国庆工作态度积极,团结同志方面表现也不坏。尤其面对领导,他那张脸总会舒展得恰到好处,眼睛会紧盯着领导的嘴唇,嘴有意思地张着,以便保持住那个稍纵即逝的笑容。当然,对同事也是基本一样。魏国庆并不张狂，他和每一个同事都保持不远不近的关系。

像他这种人怎么可能树有仇敌呢？

当然，他真正意义上的朋友也并不多见。

B

大家见了广大都叫老师。不管是写小说、散文、诗歌的，还是搞杂文的。的确，广大老师在文学上的成就很难进行明晰的梳理。我们只能沿用书上的词汇，说其"著述甚丰"。尽管，很少有人说出哪怕他一篇作品的标题。

在这座小城市里，几乎每一个文学盛事都能寻见广大的影子。广大和每一个写东西的都熟，很愉快地和他（她）们打招呼，直接呼出对方的名字和代表作。让人感到受宠若惊，进而产生对他的尊敬。

广大和圈里圈外许多人保持联系。他经常拨通他（她）们的电话，探讨一些很敏感的文学话题。他总是以长者的身份教导后者，写下去，（这是他常说的一句话，带着情感色彩。）一定写下去啊！

广大和女作者的距离保持得似乎很有分寸，在他的身上，很难寻到绯闻的影子。他并不像有的男作者那样，喝点酒就能现原形。他让大部分的女作者感到一种宽容、包涵甚至可依赖的感觉。在这座城市并不太活跃的文学圈里，他不是一个经常出洋相的人。

C

"小城宝贝"这名字有点俗了，但作为网名，勉强也还凑合。他起初用这名字的意图就很暧昧。他想延续"宝贝"的光芒把自己变为一个女人，以便在聊天室把水搅混。难说他这样做出于一种什么心理，他自己则倾向于一个作家体验生活。他在那个过程中寻找着角色转换的乐趣。他为自己能够娴熟地表达女性思想而暗喜。特别是有男孩以恳切的口吻要求与他见面时，他高兴万分。

大多数时候，他更愿让自己成为男性。这样，可以使自己真正得到一种来自网络深处的快感。在网上，他并不把自己藏得很深。他像一个情场老手那样混迹于聊天室，多数时候他会和聊伴密谈。双方的精神达到高度愉悦时，他甚至也会说出赤裸的语言，进行挑逗，或者，反挑逗。如果进程顺利的话，他和网友几乎可以把新婚初夜和妻子的过程进行一番详尽的复述。

事情过后，他会静静地燃上一支烟，让那缥缈的一团绕过他的鼻孔、眼睫毛，然后覆盖自己。他会问自己，这么做，究竟要达到一种什么境界？

D

如果不是出了那件事，你也许很难把ABC中三张脸孔叠到一起。

那是一个小范围的文友聚会。有人告诉我，广大这次惨了！问其故，对方悄悄说，他打了那种电话，话费好几千块呢！什么电话？就是陪聊的那种。我说，聊天有助于精神放松嘛！对方哧啦一声就笑了，是那种带色的。带色的又怎么啦？现在酒桌上人人不都在说吗？那人说，问题是话费。我微笑着，反问，广大怎么样？他说他是在搜集举报的证据。

小城电信方面负责人很想打这场官司。我们也都以为魏国庆会进行防守反击。

但最后他缩回头去了，如数地交清了所欠的话费。

据说，用的还是稿费。

谁知道呢？

宠 物

她在有一天发现自己有了一个活泼泼的孩子。

孩子么，总是太顽皮，一刻也静不下来。她喜欢这个样子。她就用自己的腮去贴贴孩子的稚嫩小脸，温温润润的，痒得她心底全是笑了。

孩子也在笑，"咯咯……"笑没了她心底的乌云。

这时，林来了。林的目光变得不可捉摸。

林咬牙切齿地问，孩子，是谁的？

孩子是谁的？是呀，她在想，孩子是谁的呢？

林的表情错综复杂起来。林总像一个谜，读不懂，猜不透。林更像一股风，来了，又去了，有时你想寻也寻不着。但林此时是愤怒的。林发怒的样子看上去很恐怖！他直逼过来，要撕扯一件什么东西似的。林的手就要碰到她时，她醒了。醒过来的玛丽，额角渗了一层细密的汗珠。

醒过来的玛丽，半天才明白发生了什么事。她涩涩地一笑，眯起眼来瞅了瞅窗外的阳光。窗外的阳光懒懒地照着。她想寻找那个孩子的脸庞，却再也记不起来。

那个电子宠物娃娃此刻又叫起来，她一伸手将她取过来，边嘟囔说，小宝宝，又要解手了？边熟练地摁着按钮，屏幕上出现一个清洁器，一会儿便扫净那摊秽物，再冲个澡，小娃娃高兴了，又笑又跳。她于是也笑了。

那小东西是林买来的。林说，你不是一直想要个孩子吗？玛丽当时很不以为然。然而，在枯燥的日子里，这个电子娃娃很快引起她极大的兴趣，她开始逐步进入了妈妈的角色。她给她取个名儿叫贝蒂，她已经熟悉贝蒂的起居饮食习惯，她还知道，什么时候该陪她玩剪子包袱锤的游戏。

现在，贝蒂八岁。玛丽实际上一刻也离不开她。林不在的日子，是贝蒂带给她前所未有的快乐。林不在的日子太多，原因很简单，林有妻子，有儿子。林在工作之外，大部分时间还得在他们身边。

林在一个傍晚突然打来电话。林说，换一下衣服，有一个应酬。

平日里，这种情况并不少见。

这次所谓的应酬，无非是要陪一个客人，一个男人，一个谢了顶且牙齿乌黑的四五十岁的男人。在陪他跳舞时，玛丽一边忍着他的口臭，一边还要忍着男人的手做出的各种花样。跳罢了，男人提议，搦一局？林拍手赞成。玛丽皱眉，却不好拒绝。几圈下来，男人面前的钱越来越高，眼睛眯成一条线，很豪爽地往玛丽面前一推，说，小意思啦，毛毛雨。玛丽觉得一阵恶心。

回家路上，玛丽突然惊叫一声，我的孩子！

林一下扭过头，什么孩子？

小贝蒂，玛丽说，该死，我怎么把她忘家里了。

林哧地一笑，吓我一跳。

玛丽一开车门就奔出去，噔噔噔上了楼，进屋，发现贝蒂已经死了！玛丽疯了似的搦这搦那，却无济于事。

愣了片刻，玛丽冲着林喊道，都怪你！都怪你！

林瞧瞧她，一笑，很无所谓地说，不就是一个宠物吗？明天再买一个。

玛丽突然就愣住了！

玛丽从林的眼里读出一种让人心寒的冷漠。于是，她眼里便满是泪了。是啊，不就是一个宠物吗？林有的是钱，他可以再买一个。

第二天，玛丽一大早就孑然一身出现在火车站站台上，她望着轰轰隆隆东奔西走的火车,突然想起一个问题,来这座城市以前,她并不叫玛丽这个名字的。她到底还是想起那个泥土气息很浓郁的名字。

想起那个名字,她鼻子一酸,泪就簌簌流下来。

她觉得,那个名字距离她已经非常遥远。

抱布贸丝

"氓之蚩蚩，抱布贸丝。匪来贸丝，来即我谋。"
——《诗经·卫风·氓》

男：第九次约会，我居然也没向那女孩表清爱意。于我来说，与其说是奇迹，不如说是奇耻大辱。在网上，我只用五分钟就能把一个美女搞上床，次日凌晨可以互不相干。我的确有过那么一段很乱的光景。后来我发觉不对劲儿。我也渴盼遭遇爱情！可我把它弄丢啦！这真是郁闷！一天，老爸盯着我说："小伙子，你得干点人事！"我点点头："你儿子正在这么想。"女孩出现得恰到好处。那天，我在图书馆门口，下定决心等我这辈子最后一个网友。我一点也不喜欢那地方，显得我好像有学问似的。之所以等，是想告诉她我爱的不是书而是床！然后，最好她能扇我一巴掌！这时下起雨来。我心情更糟。

女：那天，我的大辫子在背后摇来晃去。衣领高竖，扣子一直系到脖子。很古典。早上，母亲一边帮我打扮一边嘟囔："哪家女孩会穿这衣服？你还能把自己嫁出去吗？"我笑得差点岔气！

男：她那样子，是有点像出土文物。然而，一出门，她脸上却突然露出现代版微笑！然后，把手中的雨伞往墙边一放，一蹦一跳，钻进雨里，扬着头，张开手，忽悠旋转一圈。像跳芭蕾舞。那黝黑的大辫子慢镜头一般甩起来，啪一下，就袭击了我的心脏！我立刻感觉，我的爱情来啦！她走过来，我弓身捡起伞递过去。"我，能跟你打一把伞吗？"

女：他举伞迎来的那一瞬，我就断定，他另有所图。"匪来贸丝，来即我谋。"我答得干净利落："我没这习惯！"说罢，拧身就走。尽管，一直就盼着有个男孩以艺术家的目光准确捕捉到我身上的古典气息。接下来的一个下午，刚走出学校大门，我就看见他站在那棵柳树下。他居然找得到我单位？！用心良苦！男：我当时居然他妈的有点口吃："我，可以请你，走走吗？"她明眸皓齿："我从不跟陌生人散步！"我差点晕菜！本来打算立即放弃。可她身上散发出的气息，已让我欲罢不能。

女：一个淑女，至少得矜持三次。结果如我所愿。第四次，我答应跟他在城市街道走走。接下来，我们在同一条道上又走了四次。

男：你相信吗？这个年龄的女孩居然从不上网！

女：你能看得出来，我有点喜欢上他啦。他的举止基本让我满意。所以，我接受他第九次约会。这次，我们走进一家咖啡馆。我猜测，他要在那里跟我说那三个字！我等着呢！

男：一落座，我就感觉，这选择是个错误。一旦坐下来，近距离面对这个纯净女孩，我立刻手足无措！她就像一件旧式花瓶，很薄，很脆，轻轻一碰，我都担心会啪一声碎掉！也就是说，我明明看到了爱情，却怎么都抓不住！这是不是很恐怖？我以往那些泡妹妹技巧，根本用不上。话还没到嘴边，就知道苍白无力！我还得小心翼翼，不能让她发现我的放浪形骸史，以及，我的浅薄。

女：他看上去似乎有点冷。目光很虚，像是不敢跟我对视。我有什么可怕的？我不过是个不谙情事的女孩。其实，我也渴望爱情。但直到现在，我还从没听到一个男孩跟我说，我爱你！

男：来之前，我曾反复练过，我爱你！可这仨字在我鸟嘴里不知道出入过多少次，已经他妈的一钱不值！好像她是一面镜子，照得我越来越萎缩。我突然想逃跑！必须得结束这场游戏。我好累。我可以累九次，但不敢保证会累一辈子。女：他突然变成一头稀奇古怪的动物。

男:"听我说,我是个骗子。只不过,心血来潮想换种活法。我跟无数女人上过床,每次都没这么累。可我不想那样活下去啦。遇见你,才假装一本正经。可是一跟你说话,立刻会想起以前跟无数个女孩说过同样的话。你明白我的意思吗?"我有点语无伦次。

女:我张大嘴巴!不敢相信同一个人突然会撕去面具。为什么会这样?这究竟怎么回事?简直让人难以忍受!我抓起桌上的包,夺门而出!回到家里,我立即钻进洗手间,抹上肥皂,拼命洗手洗脸,甚至,还拿出牙膏牙刷。

男:她有本书落在桌上,叫《诗经》。我倒是听说过这名字。翻开一页,看到一个书签,上面有八个字,"氓之蚩蚩,抱布贸丝。"什么意思?你们谁告诉我?

女:这对我是一次致命打击。我恐怕再也不敢相信男人。

男:这很具有讽刺意味。我在床上跟一个女孩复述这故事。女孩看我老半天,突然仰天大笑,甚至笑出眼泪:"去你妈的!开什么国际玩笑!"我点上一支烟,扑哧一口喷到她脸上!我也笑,因此,我眼里也有泪。

姿势不对

午后，雪花飘起来。马晓雅随口哼了一句，冬季到台北来看雪。鹿遥立即扭回头，你最好闭嘴。他心情不好。刚跟老婆吵过架。二十三岁的祁连山则微笑着，视线落在窗外。

马晓雅做个鬼脸，从另一边窗外看去，突然喊，快看，一只小白兔！她的右手一扯，手铐把祁连山的手带起来。鹿遥把车停下。再大呼小叫，把你扔这里！马晓雅笑，我好害怕，警察哥哥。

鹿遥恶狠狠地盯她，没了招儿。马晓雅不过才十九岁。可十九岁的马晓雅，却有三年坐台小姐的经历。马晓雅安静一会儿，再次撒娇，把手铐打开好不好？人家手都冻麻啦。我说过，我没参与杀人。祁连山看鹿遥一眼。后者不做声。其实，马晓雅那侧车门坏了，打不开。即便能打开，一个女孩，在荒郊野外，能在两个刑警面前逃掉？这么一想，祁连山就打开了手铐。

接下来，车上三人，各想心事。此时，明明大白天，却好像寻不着路。天地之间，灰蒙蒙一片。雪花迎着前玻璃，簌簌打来。

马晓雅又打破寂闷，讲个笑话给你们听。一只母鸡，下个特大号的蛋。记者来采访。问，下这么大个蛋，累吧？母鸡脸腾地一下红了，是，是挺不容易的。那你有什么感想？母鸡脸更红啦，去问我老公吧。记者顺她手指一瞧，一只大公鸡走过来，于是迎上去。公鸡明白他的意思后，不耐烦地摆摆手,这事儿,你得问鸵鸟!

祁连山嘿地一声笑。鹿遥却哼一声,客人讲的吧?不知道是拿你开涮?

这次,马晓雅半天没说话。她先把目光投向窗外,突然,转回头来,喊,难道我不知道他们什么意思?可你说,我们能怎么办?

为了钱,就什么都不顾?鹿遥紧绷着脸。

这个社会,没钱,什么他妈的都不是。

这话戳到鹿遥心口。跟老婆吵架,无非也为钱。老婆下岗。幼儿园老师催着交费。鹿遥说,我想办法。媳妇在电话那头哭喊,鹿遥,你慢慢想!

天,更黑下来。汽车走上危险路段,也淹没进黑夜。偏偏又在此时抛锚。鹿遥下车,狠狠朝车轮踢一脚。马晓雅要下车方便,于是,祁连山也跟着下车。幸好,鹿遥的修车技术过硬。算是虚惊一场。

但危险真的随后跟来。车突然沿着一个斜坡滑下去!

鹿遥狠劲儿踩刹车,无济于事!

下面,是漆黑的山谷!

鹿遥喊,跳车!

马晓雅一声尖叫,紧紧搂住祁连山!

祁连山猛扳一下把手,没打开!突然想起,刚才上车,和马晓雅换了位置。

于是,他猛劲儿打开另一侧车门。阴冷的风,张牙舞爪钻进来。马晓雅哭喊,我不跳!

祁连山狠劲儿一把,推她下车!

在积雪中,马晓雅翻滚数下,居然被树丛挡住。好久,才反应过来。活动一下手脚,发现自己竟没受大伤。她站在积雪里,不知所措。四周,一片漆黑。雪花夹杂冰雹,打在脸上,针扎一样疼。

她突然想到那两个警察。她对自己说,我得找到他们。在山谷里微弱的灯光帮助下,她终于靠近那辆车。她轻声呼唤,没有回应。走近车门,却突然踩到一个松软身体！她立刻尖叫起来。没错儿，是鹿遥。她蹲下身，手却摸到一摊黏糊糊的东西。借了车灯，她看到满手满手灿烂的红。她哆嗦着，把鹿遥的头抱起，喊几声，可鹿遥一动不动。

马晓雅开始呼喊另一个名字。

她知道小伙子叫祁连山。

依然没人回应。

马晓雅呆坐在积雪里，脑子里一片空白。所以，当那个微弱的声音发出时，她几乎不敢相信自己的耳朵。第二声，她听到了！于是，一下子站起来！

——祁连山还活着！

她寻找着那个声音。最后，在车底下找到。

——祁连山的双脚被压在车下！

马晓雅试图推那辆车，哪里推得动？她开始抽泣。接着，酣畅淋漓地哭。

就在那时，又听到祁连山的声音。

——我，好冷……

马晓雅站在黑夜里，呼吸急促有力。犹豫片刻，她迅速俯下身来，躺到祁连山旁边。她解开自己的衣服，又解开祁连山的警服。祁连山在那一瞬似乎清醒过来，喃喃地说，赶紧走，不然，你，会冻死。

马晓雅没说话，却坚定地把祁连山揽在自己怀里。

她感觉那个温热身体，在她怀里渐渐变凉。

世界很小

作家子曰那天早上接到一个奇怪电话。女孩的声音，好听，但透着忧郁、悲伤。她说，你能来看看我吗？那手机号子曰不熟悉，但他却觉得兴奋。他当然得去。作家更需要丰富多彩的生活。于是，子曰摁响那个红色门铃。

女孩开门，看他一眼，淡淡地，你来了。这问话，消解了子曰一路上很多想法，或者冲动。那一瞬，他稍稍找回自己的身份。女孩很白，有点失去常规，嘴唇都白成那样。子曰见过的女孩，大都鲜艳欲滴，透着浮糜。这个像纸一般的女孩带给他的，却是更加别样的视觉体验。说不出感觉来。作家审美，一向是古怪的。

坐下之前，他打量一下狭小的房子。除了茶几上摆的烟灰缸，没有男人物品。抽烟的女孩子更显时尚个性。这点，作家能懂。

知道你会来。这是女孩第二句话。子曰猛地一下就扭过头。为什么？我们以前见过吗？

我知道你，但你不认识我。这话受用，作家听这样的话，已不止一次。他盯着女孩眼睛，这招屡屡奏效。眼睛是心灵的窗口。黑夜给了诗人黑色的眼睛，他用来寻找光明。我们子曰却用来碰撞女人心灵。女孩并不顾忌，磁铁一样，一下子吸住。但女孩下一句话，让子曰眼睛里逐渐散发的光芒，变得朦胧暗淡。

知道我最恨的人是谁？就是你，子曰老师。子曰眉梢一动。

读高中时，就看你的小说。人其实是很怪的，读一篇文章，似乎就能够影响一生。我读你第一篇小说，就被感动。一个农村女孩，通过艰辛努力，摆脱贫穷，走进城市。

子曰已经不记得。

我没考上大学，但走进城市的愿望，却一天也没有破灭。于是，在父亲给我安排好的婚姻即将开始的时候，我终于逃走。再也没回去。我知道，家里人永远不会原谅我。那时，我在报上看到你的名字照片，马上想起看过你的第一个作品。所以，我鼓起勇气，但这座城市永远都不属于乡下人。有一天，一个同学在街上碰到我，她满身时尚装扮让我感到自卑——就是她带我去了那家歌厅。

女孩点上一支烟，把脸埋在长发中。

那是多么肮脏的地方。她叹口气，可是，我要活着，而且活得不那么自卑、下贱，就不能离开那里。

你完全可以想别的办法挣钱。

女孩微笑。你一定比我更清楚，那是什么地方。我在那里待了一年多，一直坚守最后一道防线。与其说我脑子里还有希望，倒不如说是你在支撑我。

子曰觉得身体深处某个地方有了蠕动。他的眼睛，滑过女孩胸口。

可是，你把我毁了。

我？子曰问。

那晚，我同学走过来，悄悄告诉我，你崇拜的那作家来了。我不敢相信，在读你的小说三年之后，会在那种地方遇到你。于是，我就过去了。

子曰终于记起来。难怪，这女孩眼熟。可记起之后，他立刻感觉不安。女孩捕捉到了，轻笑一声。子曰开始后悔来这里。

我以为那是一次美好的见面。在走廊里，走每一步，都欣喜若狂。你站起来了，你看着我。

别说了。子曰摇摇头。女孩一甩头发，呵呵一笑。怎么，不愿回忆？

子曰其实已经在回忆。他走向那女孩，轻轻伸出手，说，你真美。女孩没和他想象的那样，做出妩媚回应。尽管，以前每一次，他都知道那是逢场作戏，但是，他喜欢女孩那样。所以，他有片刻地不高兴。这种地方的女孩子，还装什么淑女？

尽管，你的动作让我感到别扭。但，我还是很兴奋。所以，我没有反抗。我把第一次给了你。

子曰猛地抬起头。

我躺在那里，闭着眼睛，感觉好幸福。女孩说着，也闭上眼睛。

子曰的嘴巴张开。

女孩突然把眼睛睁开，可是，转瞬之间，我的心就像被冻住，脑海之中一片空白。你接下来那个动作，让我至今感到恶心！

子曰穿好衣服，从钱包抽出两张钞票，放在女孩洁白的胸脯上。

子曰呼地一下站起来，他有逃走的欲望。没想到会是这样，世界真小。

你要走？茶几上那两张钱是你的。我一直带在身边，尽管，我后来有了许多同样内容的钱。可是，总觉得这钱不一样。你带走吧。

子曰双手发抖。他感到空气压抑。

下楼的动作有点滑稽，像是奔赴好友的婚宴。子曰走出楼洞，阳光刺眼。他终于长出口气，但马上几近窒息。他看到白灿灿的日光里，呼啦啦坠下无数蝴蝶。那是钞票碎片！他的目光，缓缓掠透那些蝴蝶，看到另一只巨大的白蝴蝶，从半空中缓缓滑落！那只蝴蝶的羽翅柔软无比。他嘴巴洞开，双手张开，下意识去接。蝴蝶坠地，悄无声息。

有一道血刺，哧啦一声，射到他的鞋面上。

子曰呼地一下坐起！妻子打开灯，见他满头大汗。

秋 千

寒食节前后，照例是荡秋千的季节。湿热的阳气慢慢漾起来。大人孩子的笑就在秋千架上飘来荡去。一个活泼泼的春也就悄然而至。

秋千在一个秋千飘飞的春季出生了。

秋千爹用一双大手抹一把额上的汗，听着田野里的笑声，斩钉截铁地说，就叫秋千吧。秋千娘干干地一笑。一个闺女家，咋能叫这名儿？却也未反对。

是年春，邻家也添一子，一合计，就叫了个寒食。

寒食与秋千打小一起长大，成日里搅和在一起。上山捉蚂蚱，下河摸鱼虾。春日到来，秋千架一搭，俩人腾了小手，轻轻一荡一送，那笑，天真无邪。到了上学年龄，不想却都是上学的苗子。俩人同处一班，每次考试，一个第一，另一个紧跟其后，倒来换去，竟是不相上下。

再大一点，略懂了事理，便不在一起厮磨。寒食自与男孩子去玩，秋千自然搅在女孩堆里。男女有别嘛！何况，彼此又是学习上的对手。有时候，眦眉瞪眼的事也常发生。

情感是随了年龄悄然出现的。转眼之间，寒食成了强壮壮的大小伙子，秋千则出落成水灵灵的大姑娘。

再荡秋千，内容便丰富了。将秋千荡向半空，寒食的心里就闪出一句古词，"秋千架上春衫薄"。眼里则闪着蜜一般的情意。秋千荡在了半空，整颗心也随着那轻飘飘的感觉跳跃着。两个人已经很刻意地掩藏那由衷而发的笑了。那种看不见摸不着的幸福在两人眼神间淌过来，流过去。秋千架上的人也悄然发生了变化，小伙子自然成了站在秋千下送的人，而荡在秋千架上的成了永恒不变的姑娘。

多么幸福的一对儿！这一点，两家的父母，包括邻居们谁都不会怀疑。尽管他们还未到谈婚论嫁的年龄。

寒食考大学的路一帆风顺，不想，秋千却落榜了。

寒食对秋千说，一定要去复读，我在大学里等你。于是，秋千便去读，读得非常刻苦。次年再考，便考入了寒食所在的学校。

所有的人都舒了一口气。

你看，和设想的一模一样。大家似乎已经看到了结局。

在寒食大四那一年的暑假，两个人终于冲破了最后的一道防线，睡到一起了。那一年，秋千对未来的一切都做好了策划。谁都能够体会到那些策划是多么完美无缺。

寒食早一年在家乡所在的县城就业了。临离校前，他看着秋千的眼睛说，我现在盼着时间快走，我把一切准备好，等着你。

最初分开的那段日子显然对彼此都是一种折磨。他们开始疯狂地写信，打电话。然而，让秋千不解的是，寒食的激情开始慢慢降温。当她有两个月没接到寒食的信时，她开始焦急万分。她打电话给寒食，寒食却总是说忙。秋千从他的语气里品到了一股异味。

秋千回到那座县城不久，就明白了怎么回事。

寒食喜欢上了另一个姑娘，那姑娘的爸爸是寒食的领导。

秋千知道这件事后，觉得眼前一切都昏暗了。

接下来很长一段时间，秋千曾试图再去抓住寒食的手，做最后的一丝努力。可是，寒食的态度彻底让她失望了。一天，她突然从别的渠道得知，寒食要在五一节结婚了。

听到这一消息，她静静地坐在那里很久很久。

后来，她打电话给寒食，提了一个要求，要寒食陪她回家，再荡一次秋千。你别拒绝我，秋千说，这是我对你的最后一次请求。

寒食犹豫了一会儿，答应了。

他们一起回了家，那一年的寒食节仍然春寒料峭。寒食一声不响地搭着秋千，秋千在旁边静静地站着。他们距离很近，可秋千觉得那非常遥远。

秋千搭好了。

寒食说，可以了，秋千。秋千坐上去，一坐，泪却涌出来。寒食不敢看她，寒食说，坐好了，秋千。

秋千开始荡起来。

秋千的眼前，一切事物都在晃，所有的镜头一霎时都闪将起来。秋千就酣畅淋漓地哭。秋千觉得越荡越高。秋千在越荡越高的时候，突然一下子睁开了眼，以前她可从来不敢这样做！

眼前所有的镜头竟一下子消失了。

秋千瞬时就冷静下来。

遥远时日里荡秋千的感觉……

缓缓停下来的时候，秋千已经判若两人。

秋千笑着对寒食说，谢谢。然后，转身走了。

可在几分钟以前，秋千却想做一件事，在寒食送她荡到半空时，自己突然撒手，从半空掉下来！

现在，她觉得那想法很可笑。

预 感

那天早晨，天还没亮透呢，我爷爷就从炕上爬起来。爷爷背着手，沿着茅屋后面那条小山路，顶着湿漉漉的雾气，朝我们家的自留地一扭一晃走去。一边走，一边发出我们家族特有的、混浊的咳嗽声。

那地里，有我爷爷上两辈人静静地躺在那儿。

爷爷好不容易走到地头，再轻轻一声咳嗽，算是和先人打了招呼。咳嗽声中，我家自留地上空缠绕的一层薄雾，哗啦一声散开。爷爷在地头站住，抬着头，看到两面坡上肃然站立的松树。他的心情，莫名其妙沉重起来。接着，他瞥见西坡上最高的那块岩石上，蹲着那一只鸟。

是那只雄鸟。

雌鸟总是稍晚一点才出来。

雌鸟有点懒。

多少年来，老牛沟那两面坡上，就一直生活着这样两只鸟。在静静的夜里，它们会发出像哭泣一样的声音。那鸟儿，现在一动不动。爷爷打个寒战。

爷爷深信，那是一只神鸟。神鸟一举一动，都预示着什么。往常，那只鸟总是不安分地活动，一会儿迈开步子踱两步，一会儿用爪子翻翻自己的羽毛，一会儿展开巨大的翅膀在半空盘旋一圈，最后轻盈地落在那块岩石上。

现在,它却不动。

像一尊雕像。

爷爷哆嗦一下,耳朵里,很清晰地灌进一个叹息声。他一下转身,四下去看,周围却一个人也没有。爷爷感到浑身上下冒出一层鸡皮疙瘩。他步履蹒跚地踏过一道道地瓜沟,那一株株刚刚扎根的地瓜苗身上,洒一层淅淅沥沥的雾水。爷爷走近地中心那两座馒头般凸起的坟。一丝莫名其妙的怪异紧紧缠绕在他周围。

爷爷围着两座坟转了一圈,没见什么值得怀疑的东西。

但是,这片刻的轻松,很快就被击碎。

耳朵里突然传进一声像是缓缓扯裂白布的声音。然后,他蓦地看到距那两座坟两米开外的地方,悄然裂开一道缝隙。那缝隙深处,冒出一绺一绺轻微的初春地气。爷爷心里咯噔一声,呆立不动!

那道缝隙执拗地前行。随着那个前进过程,是让人窒息的扯裂声音。爷爷的目光随着那道缝隙,在两座坟周围划一个完整的圆。那道缝隙蛇一样前行,前行,绕过爷爷的脚后跟,最后,与起点准确缝合。

爷爷感到浑身往下一沉!

那块载着爷爷和两座坟墓的土地,竟一起下陷足足二十公分!

我爷爷再也站立不住,一下子瘫在地上!

耳朵里,却听到我奶奶一声撕心裂肺的哭喊!

咱们再去看看我奶奶。

那早上,我奶奶眼皮一直在跳,跳得她从睡梦中一下醒来。

奶奶醒来后第一个动作,是去摸身边,却一下抓空,心里也就空荡荡了。奶奶穿衣服的过程,有点手忙脚乱。这与别的清晨大不一样,像是要打扮好,去凑一个有趣的热闹。那些动作,与她的年龄也不相符。倒像是许多年前,她嫁到我们家族的那个早晨,那样干脆利落。奶奶下炕时,步子零乱,她的小脚踢翻了炕前那个黑黝黝的尿罐。整个屋子里,立刻弥漫一种让人窒息的味道。奶奶顾不上那个气息,踏着直线就奔向门口。

出门后,径直走向东屋。

那里面，睡着她的三儿子祥。

奶奶边走，边系扣子，边嘴里急促地喊，祥！祥！？

里面并没有传出让她熟悉的应答声。

奶奶就伸出枯枝般的双手，试探着，推开那两道乌黑的木门。

那扇老门发出一阵敲锣击鼓的声响。

声音过后，奶奶尖锐的叫喊，刺破了老牛沟的上空！

她的儿子——祥——半赤裸的身体，悬挂在房梁上！

我的大爷孝和二大爷禄把我爷爷抬进院子。老头子的眼睛，一直紧盯着东屋门口。他浑身上下能够动弹的地方，好像也只剩了眼珠。没人告诉他，家里究竟发生什么事，可他像是一切都了如指掌。抬他进北屋的时候，爷爷嘴里发出急促而古怪的声音。

孝和禄不懂。

奶奶坐在北屋的台阶上，指指东屋，抬他到那屋里看一眼。

东屋地面上，祥的脸上蒙着一张黄纸。

爷爷被抬进来。眼珠瞪圆。爷爷嘴里发出一连串模模糊糊的声音。孝和禄一言不发，都抬头看我奶奶。奶奶看着爷爷，半天，才挪着小脚走近祥。奶奶蹲下身来，再看看爷爷。爷爷眼睛依然瞪得很圆很大。奶奶就高高地扬起了她的树枝般的手，干净利落地划一道弧线，狠狠地扇在祥的脸上！

空气里，响起一声爆炸！

爷爷把眼睛闭上了，眼窝深处，有泪珠悄然渗出。

我一直不太相信预感这个词，可我知道，那天早上的事情都是真实的。

父母与儿子之间，兴许是有感应的。

战　争

我的大爷孝，和二大爷禄，一边一个，坐在爷爷奶奶的北屋正中那张三根腿儿的桌子旁，拼命抽烟，拼命咳嗽。

我奶奶坐在炕沿上，袖了手，一语不发。

爷爷躺在炕上，就像一截快要腐烂的木头。

孝的声音，终于拨开重重烟雾。

孝说，老二啊，现在人家把屎拉到咱头上啦，咱得拧成一股绳儿，是不？

禄点头。

禄说，大哥，这些年，我对不住你。孩子们老是气你。

孝皱着眉头摆手，这时候，说这些干啥？

孝狠狠地抽口烟，斩钉截铁，咱不能让老三白死了！

大爷孝起先有四个清一色的丫头。他走在老牛沟里的身形，就有点弯曲变形。

我大娘曾发过狠誓，再不许孝爬上她身子。她皱着眉头说，俺简直受够啦！但事实证明，她还远远没受够。她同样也盼望有个儿子，好支撑门面。结果，新一轮奋战之后，第五个孩子呱呱坠地，还是丫头。

禄却有一连串仨儿子。在我们家族，甚至整个老牛沟，这一家人都露出霸气。禄依靠三个彪悍儿子，把我爷爷奶奶本就微薄的家产尽力往自己家划拉。对这点，作为老大的孝，却敢怒不敢言。

　　孝家曾吃过亏。一次，孝的小女在泉边玩耍，不小心把水弄浑。禄的女人恰巧来打水，竟狠狠地抽那闺女一巴掌。孝的闺女哭着回家，把这事告诉她娘。她娘找上门去说理。没想到，当天晚上，三只老虎带着棍子绳索杀到孝家，声称要赶尽杀绝。

　　孝和禄，是有仇的。

　　可如今，一场外族侵略突然降临时，孝和禄重又走到一起。

　　一场压抑的战争，就在老牛沟徐徐铺开。

　　老王家迎来的第一场灾难，是财家几只肥硕的母羊相继毙命。财一开始以为遇到天瘟。好多年前，老牛沟曾发生过这种事。可后来发觉不对头。羊由王瘸子统一放养，别人家的安然无恙，怎么独独他家的发生不测？

　　这说明，有人做了手脚啊！

　　当财家的羊几乎一只也不剩的时候，王氏家族召开紧急会议。财的老父亲主持。老头儿的话简洁、果断：是姓宗的干的！

　　老头儿最后一拳捣在桌子上，震得一只粗瓷茶碗快乐地蹦起来。你们都给我瞪起眼来！他说。

　　接下来发生的许多事证明，老牛沟所有人，都把眼瞪起来啦！

　　财家的羊意外遭遇死亡后，孝和禄家的羊，也开始悲惨遭遇。那段时间，王姓和宗姓家族的羊交替死亡。最后，山坪上像朵大云彩一样的羊群，只剩下两只小羊羔。放羊的王瘸子起先还蹦着一只腿，对着一只只羊尸体，号啕大哭。后来，他干脆就一言不发。

　　他没办法阻挡那群羊的死亡进程。

　　一天早上，王瘸子的影子出现在沟口那道堤堰上。王瘸子怀里抱着两只小羊羔，拼着力气吼：谁他娘的再冲这两只羊羔下手，我跟他白刀子进去，红刀子出来！

　　两只小羊羔，一公，一母，分别属于两个家族。

果然，没有人继续对它们下黑手。

那叫一段什么日子啊？老牛沟每家每户的屋檐下，都贴满羊皮，像年画儿。

每个人嘴里，都呼出一股膻气味。那气味，像浓重的彩云，漂浮在老牛沟上空，一连过去好多个春秋，都没有化开。接下来的那个冬季，孩子们身上，不约而同都穿上羊皮袄。跑到山上，远远看去，就像一只只放单的羊。

老牛沟所有的活物，在接下来的日子里，相继遭受屠杀。之前那会儿，老牛沟的早晨，还鸡犬相闻，一派盛世光景。现在，死气沉沉。

财家那只老花猫，是这次战争最后的牺牲者。那只猫对主人的忠心耿耿，简直没的说。由于它的存在，财家多年以来连根老鼠毛也见不到。财为了保护它，老早就采取严密的防范措施。可是，有天晚上，财打开笼子把猫放出来呼吸新鲜空气，那猫就再也没能活蹦乱跳着回家。

第三天早上，财打开房门，哎哟一声叫出来！

那只花猫，像一只巨大的茄子，悬挂在大门口那棵柿子树上！

那一瞬，财浑身颤抖！他好像看到上吊的祥的影子。

接下来的一轮，针对一切植物。我大爷孝家的菜园，一夜之间成了和尚的光脑壳儿。紧跟着，杏树、枣树、栗子树，甚至梧桐树、洋槐树，开始一点一点，从人们视线中消失。最后，除了两面的山坡上保留大队里的槐树林，整个山沟沟里只剩一间又一间的茅草屋。像一座座坟墓，傻乎乎地站着。

战争的硝烟，终于，还是悄然波及到人。两个家族之间，曾有一对很成功的换亲例子。先是王家的宗姓媳妇，有天早上，一瘸一拐着左腿，走出家门。宗姓的男人女人，看着那个媳妇，眼睛里都冒着火焰。那火焰，似乎一点就着。几天之后，我们老宗家人，就成功地让那个王姓媳妇，瘸着右腿，出现在王姓人的视线里。

我不知道，那场战争到底持续了多久。

许多年后，我母亲指着一座爬满乱草的坟给我看。她说，那就是祥！我似乎听到嘈嘈杂杂的声音，像处在一个集市里。可转回身来，眼睛里的沟沟坎坎，却是光秃秃的一片。

　　现在的老牛沟，早就一户人家都不剩啦。

井

那口井在后花园里，水面与井沿的距离很遥远，打顶上往下一瞧，男人还稍好一点，换了女人，往往被吓得心跳半天。

院子里的女人们一般是不敢到这井边转悠的。

打水的任务由老贺来完成。

老贺其实年纪并不大，生得老气些，平时又不避阳光，晒得跟黑炭头似的，家境又不好。所以，老贺身边连个暖被窝的女人都没有。没有女人的老贺却是把侍弄花草的好手，宽宽阔阔的后花园让老贺收拾得一年四季五颜六色。每次老爷走进后花园，都会背了手，笑着骂一句，你个狗日的老贺！

老贺就笑，老贺能听得出来，老爷这是赞他。

所以，老贺干得很卖力气。

老贺的手轻轻一抖，水桶就在井底下倒个个儿，扑通一声，就满了水。老贺就左手倒向右手，腮帮子上的筋一跳一跳，水满满地上来了。饮用的水一个缸一个缸倒满。至于浇花草用的水，则要用太阳晒。井水太凉。

那女人一进府，就显得与众不同。

这一点，老贺体会非常深刻。

那一天，后花园突然出现一个细胳膊细腿的女人。女人瞧罢那些花草，径直到井边来了。当时老贺不知道她是老爷刚带回来的四姨太。老贺就咋呼，那井可深着呢！别吓着你。女人瞧他一眼，轻轻一笑，你就是老贺？

说着，站到井沿边上了。

老贺顾不得回答，呆愣愣地瞧她，怕一不小心吓了她。却见女人低头向井里看着，哧地一声笑，我的头发怎么成这个样子？

老贺就在心底暗叹，这个女人，真不简单呢！

后来，老贺听厨房里洗菜的吴妈说，她就是四姨太。还悄声悄气地加上一句，是烟雨楼的女人。

真正让老贺觉得女人不简单的事还在后头呢。

许多天后，女人竟突然想从井里往上打水！女人扯了绳子，一抖，再一抖，桶还是翻不过去。女人就着急，女人就喊，老贺，老贺。老贺立在一边，垂着手，回答，太太，您要我干什么？

女人说，你教我。

老贺说，太太，府里的女人可没有一个打水的。

女人说，那是她们胆子小，我可不怕。

老贺没办法，就走过去作示范，一抖手，水满了。女人接过去，照着样子做，仍不行。女人就说，你过来呀，近一点。老贺就走近了，两人的手就握在同一根绳子上。老贺的脑子里就哧溜一下钻进一股脂粉香气。老贺一摇头，再一摇头，那香气竟挥之不去！一不小心，碰到软软的手，老贺一哆嗦，手就松了，绳子出溜一下掉进井里。

老贺吓得赶紧后躲，却听到女人呵呵笑起来。

后来的几日，老贺的耳朵里就满了那笑，走着，坐着，那声音都围了他转。老贺陷入了前所未有的苦恼。从那时候起，老贺开始盼望四姨太到后花园来。可四姨太毕竟是四姨太，她不会把多半的时间打发在花园里。四姨太得陪老爷上戏园子，抽大烟，当然还有睡觉，陪老爷另外的女人打牌以及忙于她自己的梳妆打扮。

老贺脑子里的四姨太，就总是笑的。

那天，却瞧见了四姨太的哭。

四姨太是跑进后花园的，四姨太的脸上分明地挂着泪。当时，老贺躺在草间眯着眼睛瞧天上斑斑驳驳的太阳。女人没瞧见他。女人一边哭一边笑一边骂，你们一个个，谁她妈不是婊子？

老贺不敢吭声，可四姨太还是凭着感觉，一下子瞧见他。

四姨太像雨打的芭蕉似的站着。

俩人都没说话，就那么瞧着。

许多天后的一个雨夜，老贺刚躺下，有轻微敲门声。开了门，一团香气随了一个人影儿就卷进来。有个哭泣的声音，带我走！这鬼地方我一天也呆不下去！

老贺傻愣愣地立在原地，不知所措。

突然间，外面灯火通明，嘈嘈杂杂的声音瞬时就把屋子包围。一个女人略带谄媚的声音，老爷，我说的没错吧？

老爷的脸在灯光下，在气势如虹的大雨中，扭曲着。老爷咬着牙齿吐了三个字，狗日的！

四姨太瞧了老贺，说，老贺，我只想听你说一句话，你喜欢我！

老贺哆嗦着，哆嗦着，扑通一声就跪下！老贺声音颤抖，老爷，我和她一丁点关系都没有，是她自己找来的，真的！

女人盯着老贺，半天，竟嘿地一声笑了，笑着笑着，突然，她就跑进了雨帘中。老爷狠狠地叫，逮住那臭婊子！可谁也没有抓住女人。老贺的目光一直追随着她，电闪雷鸣中，他看到那个女人一袭白衣毫不犹豫地跑着，跑着。

突然，消失了！

老贺的心里咕咚一声！

他知道，女人消失的位置就是那口井！

玉

玉小姐可是个闻名遐迩的人物。

小城内有头有脸的男人都以能够见到她为荣耀。玉小姐弹得一手好琵琶。玉小姐在翠花楼将琵琶一弹，全城立马就会悄无声息。挑担儿的，骑马的，卖烧饼的，甚至抱了打狗棍乞讨的，都傻愣愣地扭了头，冲一个方向。

翠花楼的生意就很兴旺。

一多半的人，都是来一睹芳颜的，但大都没这个眼福。据说，有好多天津卫、北京城的阔少专门来小城，一住几个月，连玉姑娘的面都瞧不着。

姻缘注定就是姻缘。玉小姐后来就想，谁让自己那一天弹琵琶来着？而且偏偏在那个军官经过小城的时候。

部队本来是经过小城向北开去的，没打算停下来。可走着走着，军官觉着不对劲儿，今天的队伍咋就这么整齐肃静呢？再细听，明白了，这帮兵们在听琵琶曲子呢。军官就暗骂一声，把马缰绳一扯，问旁边一个卖东西的，这是谁在弹琵琶呢？卖东西的说，翠花楼的玉小姐！

军官就在马上闭了眼，那琵琶声丝丝绺绺钻进耳朵，钻进肌肤，钻进五脏六腑，天地间一片澄明，连日来的奔波疲惫竟一扫而光！

军官命士兵在北城门外安营扎寨，他自己一扯斗篷，沿街就朝翠花楼走去。

那天，玉小姐弹奏得格外投入，当最后一个音符如飞鸟投林般消失后，玉小姐站起来，轻轻走到窗前，掀起窗帘，往楼下看，一眼就瞧见那个策马而来的魁梧的军官。

偏巧军官正抬头，四目相对，便如磁铁一般吸引住。

好半天，玉小姐才面上一红，躲进房内。

军官进了翠花楼，抬脚就往楼上走，一个涂抹得十分鲜艳的女子就拦上来，玉小姐今天已经约人了。军官鼻子哼一声，手便探进兜里，再伸出来，手里已多了一些东西，吓得女人哎呀一声，那是几粒金黄的子弹！

军官直接上楼，玉小姐已经从房里走到门口。

军官就瞧了玉小姐，只见她眼波流转，顾盼间情飞意扬。唇似凝蕊，开龛时似嗔却笑。军官呆了，傻了，不知身在何处了。良久才摆脱窘态，问，刚才的琵琶是小姐弹奏的吗？玉小姐轻启朱唇，说，正是小女子。

军官道，可否再为我弹奏一曲？

在一天内，我是不会弹奏两首曲子的。

那，可真是太遗憾。军官的眼睛一刻也没有从玉小姐的脸上挪开。

玉小姐低了头，为了先生，我可以破例。

一丝笑，悄然浮上军官的嘴角。

玉小姐取过琵琶，端坐下来，抬头瞧军官一眼，轻挑兰花指，向琴弦抚去。

登时间，一个个音符在房间内轻盈灵活地跳跃开来。军官闭了目，仰着脸，便瞧见江南的水乡，烟波浸润，朦胧似纱，小桥流水，扁舟轻摇。

弹罢，两个人顿在那里，久久无言。

后来，人们惊讶地看到玉小姐把军官送到大门口！而且，人们还注意到，那支队伍在城北边驻扎下来，一连就是三天。三天内，玉小姐接待的唯一客人，就是那个军官。

那天，军官的眼睛里喷着火焰，说他必须得走。玉小姐就定定地瞧他，悄然走到门口，掩了门，然后回转身，缓缓除去衣服。站在军官面前的，便是赤裸裸一个仙女。

军官离去时，送玉小姐一块玉，说，这是母亲传给我的。

玉小姐热泪盈眶，你可不要负了我！

自此，玉小姐开始漫长的等待。玉小姐依旧弹琵琶，可谁也没有见她真正的笑。那些抛洒了大把大把银子的男人在触了冷脸之后，心里老大的不爽。后来逐渐知道她和那军官的故事。知道后，一脸猥亵，说，叫那个狗日的尝了鲜啦！

玉小姐却开始日见憔悴。

后来的一天，鸨母走进玉小姐的房间，冷冷地说，你该干点正经事了。

玉小姐就哭，我是那个军官的人，我要为他守身如玉！

鸨母冷笑一声。

当天晚上，有人听到玉小姐的房间里传来一声尖叫，再后来，就是嘤嘤的哭泣声。听到这声音，翠花楼里的男人女人非常开心地笑了。

次日一大早，有人发现玉小姐吊在房梁上！

鸨母收拾玉小姐的遗物时发现了那块玉，她非常惊喜地拿了给玉器行的邬老板瞧，看能值多少块大洋。邬老板戴了花镜，拿了放大镜，仔细端详一阵子，哧地一声就笑了，吐出两个字来，假的！

义 丐

旧时的丐帮，多少沾点江湖黑帮色彩。山东宁津县的丐帮称穷家行，建国前势力很大，红白喜事，得先下帖子请他们维护治安。否则，到那天，一群群拖着鼻涕、奇形怪状的乞丐凑到门上，乱闹一气，让你哭笑不得。

哪一行，都有自己的生存之道。

我说的义丐，当然也是入伙的。至于年代、地点、姓名，则不可考。这乞丐生得眉清目秀，却偏有一副火暴脾气。他在老家得罪了乡绅，活不下去，就往外走。渐渐地，沦入丐帮。

既然称帮，必有首领。丐帮首领，都喊当家的。当家的打扮不似乞丐，倒像员外。家里有房院，而且很阔，院很大，大门口站俩石狮子。当家的有事没事总喜欢抽两口烟土。那玩意儿，一般人能抽得起？当家的不仅有女人，而且不止一个，还有一房二姨太。这日子，真够舒服的。但当家的心狠手辣。一次，一个小乞丐不懂规矩，想吞独食，被人揭发了。当家的正抽大烟，眼皮都没翻，吩咐人："按规矩办！"结果，把小乞丐的一只手切去，托在盘子里。

称那丐为义丐，是有根据的。人在江湖，难免会有仇人寻来。丐帮当家的也不例外。有天，他被人追杀，背上挨了一刀，多亏义丐及时赶到，伸胳膊一挡，救他一命。自那以后，当家的非常信任义丐，常让他在家里走动。走动久了，就走出事来。一天，二姨太哭哭啼啼跑到当家的面前告状，说义丐调戏她。这还了得？再怎么兄弟，也不能干这事啊？谁的女人，是别人随便动的？有嫉妒义丐的，趁机煽风点火："当家的，您说咋办？"

当家的撂出三个字："按规矩！"

这次规矩就大了。西城外荒郊，呼啦啦摆起三十六张方桌。八张方桌对接成台。台前掘一大坑。坑内先插三十六把尖刀，刀刃朝上，错乱排列。上面再铺一层杂草，这样，刀刃就露不到外面了。

义丐和女人各在一边，悄无声息地站着。

众乞丐的眼睛早就不受约束，偷偷去看女人。女人苗条，风儿一吹，衣衫飘飘，曲线诱人。那粉脸上，莹白红润，一捏似乎就要出水儿似的。

主持事的要女人先描述经过。女人未开口，先垂泪。那义丐立在另一侧，怒目而视。待女人把事情讲完，当家的捏捏鼻孔，恶恶地问义丐："你还有何话说？"

那乞丐昂一下头，"哗啦"一声扯开衣服，有扣子飞散在衰草上，胳臂上那条长长的刀痕便赫然在目。他朗声道："我对当家的忠心耿耿，天地可鉴！怎会做这等不仁不义之事？只因为夫人对我几次暗示，我都置之不理，她这才反咬俺一口。"

全场哗然。

有人私底下拿当家的和义丐对比：一个年老体弱，一个年轻力盛。女人喜欢后者，有什么奇怪？思量过了，都暗暗骂那义丐，狗日的，艳福不浅嘛！

双方出现争执，如何判断？当然继续照规矩来。只见那乞丐把上衣全脱掉，露出身上块块腱子肉来，站到坑前，轻吸一口气，"嗨"一声吼，跳进坑里！

几个小乞丐早就闭上了眼睛！

却听义丐的笑缓缓地从地下升上来。众人齐齐去看，那义丐走出坑来，居然皮毛未损！按江湖规矩，这已经证明，人家问心无愧，心胸坦荡。

那一边，女人哆嗦成一张枯黄树叶。当家的把眼睛毒毒地盯在女人身上。当家的问："这么说，是你在耍花招？"女人这时居然不再抖。她哭叫起来："是我勾引他的！我受不了这份罪了！"

当家的拈着下巴上几根胡子，笑。然后，摆摆手。两个小乞丐过来，要蒙女人双眼。女人冷笑："不必！我自己会跳。"女人缓缓走至坑前，站住，又缓缓地回头，瞪大眼睛瞧那义丐。后者并不看她。

后者在看天。天边，一抹残云，艳红似血。

女人一字一顿："你，是个懦夫！"

义丐眉头一皱！

女人说完，像一只大鸟，展开翅膀，以一个美丽的姿势，扑进了刀丛。

一年后，当家的突然在一天夜里莫名其妙口吐鲜血而死。

义丐成了新当家的。

有一天早上，新当家的站在大门口，端详那两个石狮子好半天，然后回头喊："来人！找人打一对更大的。"

新当家的打扮也不像乞丐。

新当家的娶了三个女人。

新当家的开始抽大烟。

新当家的手段更加残忍。他直截了当把丐帮转化成黑帮。

再一年后，新当家的死在床上，胸口插一柄匕首！有人说，义丐临死前，模模糊糊喊一个女人名字。那名字丐帮兄弟都很熟悉。当然，也有人马上反驳，放屁！义丐怎么会是那种人？

·103·

孝 丐

小镇虽小，五脏俱全。大清早，你打那条小石板路上走一趟瞧去。烧饼、油条、火烧铺子自然早早忙活起来。卖豆腐的梆子一进巷子就能听到。门口挑一个"当"字的铺子，窗口砰一声打开，露出个戴金丝眼镜的小脑袋来。站在巷子中间仔细听，还能听到麻将牌哗啦哗啦的声音。石板路尽头，有个门口挂着的两盏红灯笼，被一个小伙计悄然灭掉，几个神态疲倦、装扮妖冶的女人，打着呵欠走出，有男人见了，就痴痴地笑。

日本人的脚步还没有踏上石板路，土匪的匣子枪也只是零星响在闲人的嘴巴里。所以，小镇还是静的，很小镇的样子。

一日，从石板路东首走来一个穿长袍的乞丐。

这打扮怪！谁见过乞丐穿长袍的？而且，仔细一端详，那袍子上，虽千疮百孔，却不见油污泥垢！街上闲人愤怒起来，抄了手，斜着眼睛瞧他。瞧过，冲地上吐口唾沫。但他分明是个乞丐。背上搭一藏青色布包，双手各举着两个竹板，右手上那片带着锯齿。这不是乞丐打扮么？小镇上乞丐光顾得多了。当然很多此类民间艺人。吹笛子的，吹箫的，还有唱莲花落，甚至山东吕剧的。

乞丐站在一个铺面前，并不乞讨，左手一扬，竹板的清脆声就响在巷子里。他双手上下翻飞，竹板顿时有了灵性，像鸟儿两片翅膀。众人被那节奏引得伸长了脖子。乞丐仍不顿住，腮帮子鼓起，眼睛只去瞧那右手竹板，声音越来越响，越来越脆，越来越激昂，啪一下，万籁无声。

有人把手从袖口抽出，爆声好。

这才听他唱："走一步，咱说一步，抬头又来到烧饼铺。掌柜的烧饼大又圆，吃上一个管一年。"众人都笑，卖烧饼的掌柜也笑，赶紧用纸包一个刚出炉的烧饼，递过去。这乞丐将竹板胳膊下一夹，伸手接过，并不称谢，却喊："好烫！"遂转身，沿石板路就跑去。

众人呆一呆，觉得这乞丐甚是有趣。闲人立起身来，拍拍屁股上的尘土，跟去观热闹。却见那乞丐一路跑着，来到镇外一堆玉米秸后，地上躺了一个老太太。乞丐跪下身来，将手中纸包递过去，老太太伸出枯枝般手指，抖索半天，方才托在手心，却尖嗓子骂一句："想烫死我吗？"

跟着的人"扑哧"一声笑。

自此，这对母子在小镇上住下。儿子每日出去讨饭，先将好吃的、热乎的捧回来给母亲吃，自己胡乱吃点剩下的。小镇人富庶，养两个乞丐，还犯难吗？众人却对这乞丐赞起来，身为乞丐，如此孝顺，容易么？有人回家，教训不争气的儿子，一句现成话脱口而出，狗日的连人家一个要饭的都不如。

这乞丐在小镇上名气大震。

大家伙儿对他有了好感，总捡好吃好喝的给他。镇上有学问的教书先生兴奋起来，还堆出几枚铜板，让他说快书。听罢，邀他一同入席吃酒。乞丐并不推辞，欣然入座，很快和先生喝得有醉意。

小镇上哪缺了小偷？有当场被扭住手腕子的，老板伙计围着，踩在石板路上，往死里整。整累了，如果气还没出透，就扭了去送官。乞丐有时冷眼瞧了，面上带着笑。那笑，极有内容。闲人们捉摸不透。

但仍旧有人家被盗。一天清晨，古董店的王老板长发披肩，从石板路上跑过去，一边跑，一边还喊："这下子没命了！"镇上人啥时候见王老板这么狼狈过，凑门上去一打听，才知道，人家一块祖传的和田玉长翅膀了。

王老板家的玉好些时日也没弄出个头绪，土匪却来了。土匪总是夜里悄悄来的。土匪的目标出奇地明确，直接闯进几家富户。开古董店的王老板首当其冲。几个彪形大汉把王老板从被窝里提出来，径直提溜到盛古玩的密室。

所有古董转眼间被一扫而空！

有大了胆子的，瞅出其中一个土匪眼熟，拍着脑壳想，却想不起是谁。

三天后，王老板失魂落魄晃荡在街上，脏兮兮像个乞丐。那人才再一次拍脑袋，突然想起，那打快板的乞丐，可不是好几天不见面了？再细想，便破口骂："那土匪里，不就有那乞丐吗？"

所有人恍然大悟。所有人都冲地上呸呸有声。

又过了几天。天刚麻麻亮，早起来卖豆腐的突然见街上躺了一人。一开始，以为醉汉，走近细瞧，却吓得蹦起高来！原来是那乞丐！脑袋上被枪打开了花，地上血渍早漆黑一片，凝固住了。身子底下，兀自半露一副竹板。

后来，传言进了小镇，说那乞丐私藏王老板家的玉，盘算偷偷卖掉自己消化，却被匪首发觉。土匪头子是吃干饭的？掏出枪来，"嘣"一家伙，就把他干挺了。

小镇路口偶尔还会出现乞丐，但，都进不了小镇。全被打跑了。

时间久了，小镇上就再也没有乞丐出现。

一直到现在，也没有。

丐 情

在路上走，不经意间会遇到乞丐。现在的乞丐不讨要粮食，却是一例要钱的。

年纪大的，拄一根棍儿，或干脆跪在熙熙攘攘的路边，一只手捏一只碗，呈上四十五度角探出来，拇指扣紧碗沿儿，另四指托着，似乎举起了沉甸甸的日子。有的，不太说话，就那么瞧着你，很执著的样子。有的，会絮叨一些。但不说话的，更能满足阔人们的心理愉悦，他们更乐于把硬币掷进这样的乞丐的碗里。叮当！硬币撞击瓷碗的声音，总让人内心莫名其妙升腾起愉悦感。当然，还有乞讨的小孩。孩子让人怜悯的永远是眼神。千万别去瞧那双眼睛！会让有良知的人闪过一瞬怪异的感觉。

乞丐，自然也是要过年的。

有这样一个乞丐，到了年底，却好多天都没讨到钱。不消说钱了，就连吃的东西都没要到。这乞丐就沿着城市的大街小巷，挨个人挨个店铺地伸出他的枯枝一般的手。可又一整天过去，乞丐一无所获。甚至，连水都没讨到一口。

这一天，就是我们所说的年三十。

北方的春节，天是冷极了的。这一点用不着怀疑。雪花飘落下来，将这座城市装扮得很美。孩子们在有草的和没草的地上跑，弯下腰来，小手捏起雪球，向小伙伴身上掷。孩子快乐，大人们也便高兴，远远地看着孩子,微笑着。有恋爱中的男孩女孩,手拉着手,紧跑几步,然后,在慢慢变硬的雪上溜冰。女孩溜倒了,男孩去搀,顺势就挽进了怀里,嘴唇贴上了嘴唇。

这些,都看在那乞丐眼里,可是他感觉所有这一切都离他很遥远,很遥远。

乞丐觉得好冷,两只脚都麻木了,但与冷相比,更可怕的是饿。冷与饿肆虐地和乞丐的身体展开拉锯战,最后这俩家伙赢了。它们把乞丐的身体击倒在这一年最后一天的坚硬的地面上。

乞丐倒地的姿势其实极其缓慢。

雪花从天空中飘散下来,并不介意轻盈地落到一个乞丐身上,与那些外露的肮脏不堪的棉花为伍。

乞丐躺在地上,也许还有思想。也许,思想在一点点褪尽。

有思想,对于一个乞丐来说,是多么悲哀的事情啊!

似乎有脚步声过来了。乞丐的手动一下。他也就只能动一下了。他动的是那只拿碗的手。那碗在手里已变成冰块,和手凝在一起。脚步声停住。乞丐遥远的思维里,有个久违的清脆的响声在快乐跳舞。千真万确,那是硬币的声音!那硬币在碗里跳了好久,好久,一直跳在乞丐的思想里。乞丐的脸上,有那么一丝笑容一闪而过。

这更加悲哀。

即使全世界的硬币,都在乞丐碗里跳舞,乞丐也只能展露一下那种无奈的微笑。他根本没办法站起来。他需要的不是硬币,而是食物,或者水。

脚步声多起来,有些杂乱,但没有人说话。这样的天气,人们照例懒得说话。也许有人说话,只是乞丐听不到。乞丐只能听到或者看到一串串清脆的声音,在扑簌簌的雪花里舞蹈。

终于有人蹲下身来。乞丐似乎感觉到了。那人依旧是不说话的。乞丐觉得自己的脑袋被捧起来,捧在一双温暖的手掌心里,像一枚秋后的落叶。有个坚硬的东西碰响了他的门牙。是瓷的,还是玻璃呢?他在想。

乞丐的牙齿紧咬着，他费尽心思想打开它们，可是不能，牙齿也像冻住了。感谢老天爷！一个更加坚硬的东西被塞进来，他的牙齿被撬开。

接着，有一股软软的东西淌进来。

他终于听清了说话声，嗨！老伙计，把这咽下去！他这才意识到，嘴里是有东西的。他的牙齿不能动弹，只好把那东西囫囵着往下咽。那个过程是漫长的。但漫长的第一步是成功的，居然慢慢地品出那是火烧的味道。

终于，他可以顺利吞咽食物！

年初一的早上，街头上出现两个老态龙钟的乞丐。一个问，嗨，老东西，昨天你塞到我嘴里的，是啥玩意儿啊？另一个嘿地一笑，是我两天前要的半块火烧。一个就嘟囔，比石头还硬！另一个很委屈的样子，骂了一句，别不知足了，过年有石头啃啃，够幸福的了。

俩乞丐对着头，嘿嘿地笑，直到笑弯了腰。

身边，有鞭炮声响起来！

于是，两个人的笑声被淹没了。

匪 丐

土匪洗劫小镇，先派人踩点。这些人不但心狠胆大，当然还出奇聪明。明白知己知彼，方能百战不殆。还有另一条路，就是发展内线。他们叫"钩子"。做"钩子"，有好处费，但得昧良心。毕竟吃里爬外，类似于汉奸。同时还有危险，土匪们的规矩太难捉摸。据说，他们从来不发展"钩子"成为新土匪。管他们叫"贼里不要"。收买人为自己做事，又从骨子里瞧不起这勾当。还有更狠的匪帮，洗劫过后，把钩子名单贴在墙上，让镇上人修理他们。

和土匪打交道，哪有道理可讲？

这天，小镇上出现个年轻货郎，一上石板小街，就亮出高嗓门："各号的针，各色的线，小媳妇使的梳子，小孩子玩的琉璃蛋儿喽——"

在农村，这种人生意好，小镇上就不大能看到。镇上人，有城镇居民自我优越感，多是去铺子里购物的。但镇上人不排外，不会打击小货郎。所以，他转得很欢实，胡同旮旯都溜达。这一圈，溜去他两三天。

第三天下午，货郎遇到乞丐张四。

张四在镇上算是名人。小镇上干什么的都有，还能少了要饭的？张四这人力气有，但懒，什么也不做，乐得当伸手大将军。偏他脾气倔，思想里有一种跟他身份不符的不服气。比如，大家伙儿喊他张三，他不乐意，说我叫张四。有痞子跟他较劲儿，喊你张三就张三！你个要饭的，自己能说了算？他反驳，我自己名儿，会让你说了算？结果，被人揍得脸肿。再问，他还是张四。其实，他不过是有抬杠癖。知道他这点，大家觉得烦，专找他抬杠，好处是一句句顶起来，可以假装生气，抬手给他一巴掌，然后高了兴，塞他一块馒头。他伸着手接过。彼此，就都满足了。

但货郎不了解。他被张四拦住，一瞧是个要饭的，眼皮就耷拉下来。张四伸出黑手，抄起一面小镜子，远距离打量自己的乱发。那动作多少带点挑衅，有点欺负外乡人的念头。

毕竟，他也算是生活在小镇上的人。

货郎眼睛里有亮光一闪，不买就放下！

卖东西不许别人挑吗？难道我非买不成？

货郎眉头一皱，你叫什么？

张四。

货郎点头，这镜子送给你，因为你叫张四。

张四握着镜子，呆愣半天。第一次为自己名字骄傲。接着想，假如把小镜子送与那寡妇，她肯定会赏个笑脸。她笑起来好看，但她从没对自己笑过。

当晚，张四却从梦中惊醒。草棚外乱作一片，似乎还夹杂枪声。他想去瞧热闹，又问子弹长不长眼睛。后半夜，嘈杂声渐小。他才小心翼翼钻出来。街上很黑，似乎到处是人。他注意到，有些是小镇自卫队队员，一个个脚步凌乱。一户店铺前，倒是有灯亮，有人坐在地上号啕大哭。张四好半天才弄明白，原来，土匪来过！

张四暗骂，活该！

那店铺老板曾打过他耳光。

忽见另一圈人围在一面墙前，挑着灯笼在看。张四凑过脸去，原来是一张纸，上面列有名单。他还想仔细看，一个小伙子转脸说，这不是张四么？所有人转身过来，要拿他！张四恍然清醒。土匪给"钩子"贴大字报，他有所耳闻。这时喊冤也不行了，让人逮住，会乱棍打死。幸亏他练就一副好腿脚，居然趁着黑夜，钻街串巷，逃出小镇。

天亮，张四发现自己跑进山里，一会儿找不到路了。正四处找寻，突然，被人掀翻在地，不由分说，堵嘴巴，蒙眼睛，两人架起他胳膊，走了半天，才扑通一声，扔在地上。张四第一眼先看到一个大胡子，恶狠狠盯他。再一转脸，居然见那个货郎，笑嘻嘻地看他，要饭的，你真是命大，他们没来得及收拾你？

张四眨巴眨巴眼睛，恍然大悟！

他钻到匪窝来啦！

你跟来这里干吗？想当土匪？大胡子问。

张四脑子转得也不慢。他连连点头。但接下来，马上就傻了眼！大胡子嘿嘿一笑，拿着这把刀，把你左手上，最小的那根手指头，切下半截来！

张四握着那刀，哆嗦着比画一下手指。

那刀当啷一声，掉到石头上。

周围立刻响起一串狂笑。

大胡子一脚踢翻他，就你他妈这胆量，还想当土匪？他摆摆手，转身就走。又两个人过来，架起张四，来到两块大石间，把他两条腿搭在上面。张四恐惧，大叫，你们干吗？两个土匪并不说话，只笑。他俩抬起一块石头，越抬越高，相视一笑，嘴里喊，一，二，三！

张四瞪大眼睛，看着那大石头，冲自己的腿落下来！

好多年过去，镇上忽然爬来一个乞丐，浑身上下没一处干净地方，脸上除了眼白，一片苍黑。有一天，他爬到一个老寡妇门前。寡妇赏给他一碗剩粥。他接过去，喝完没有走的意思，却从怀里掏出面小镜子递给她。

寡妇厌恶地皱起眉头。

乞丐说，你不记得我啦？我是张四啊。他还悄声说，我做过土匪呢，你信不信？

寡妇骂一句，神经病！一转身，哐当一声把门带上。

恶 丐

乞丐求乞，花样颇多。原始型乞丐，手段并不高明，端一缺口粗瓷破碗，拄一打狗棍，挨到你面前，不言不语，但眼睛会说话，盯你看。也有属民间艺人的，唱数来宝，说山东快书，击凤阳花鼓，弹弦子，吹箫，让你欣赏艺术。还有，则纯粹流氓加无赖，靠两样本事，一为粘，跟在女人屁股后头，一走，老半天。再一个是狠。冲谁狠？冲他自己。有大嚼石头瓦片的，有往自己喉咙捅匕首的，还有拿锯条划自家额头的。你不施舍，他就异常残忍地整自己，让你受不了。值当得吝啬那点小钱，看这份子热闹？

镇上，就有这么一条恶"汉子"。

他当然蓬头，当然垢面，肚皮黑得出彩。手掌、脚掌奇大，像是往四下延伸。走路，呈外八字，四肢探出。右手掌心，捏块青砖。

青砖做什么用？拍胸脯。这乞丐胸口，像老榆树皮，看不出肤色，坟状隆着。这样，一上一下，两个肚子，天然成趣。

镇上人，与其可怜他，倒不如说怕他。小孩子见他，顺着墙根，绕着走。回家，有顽皮的，大人呵斥，再闹！喊那要饭的来。小孩一哆嗦，悄无声息。恶丐于是屡屡得手。有酒喝，也有肉吃吃，这小日子过得！

恶丐居然还敢去胡屠夫档前乞讨呢！

胡屠夫膀大腰圆，单手能提起两百斤猪来。镇上哪有人惹他？本来，恶丐也从未想招惹他，有闲人将他军，有本事，去胡屠夫那里要。恶丐脖子一拧，果然去菜市场。胡屠夫正在剔连骨肉，一柄尖刀，旋来转去。恶丐左手持砖，右手伸去。胡屠夫斜瞅他一眼，低头，继续忙。恶丐并不说话，抡起青砖，冲自己胸口，砰！就是一砖！恶丐打自己久了，拿捏得恰到好处。所谓打人会打，虽皮开肉绽，却伤不了内脏。这不是三天两天的功夫。

胡屠夫手一甩，尖刀插进案板。

市场上本来人多，加上闲人跟在乞丐后头瞧热闹，一时，堵起路来。

说话间，恶丐已经打自己十数下，胸前隆包，本来暗紫，此时，略显红黑，似乎要渗血出来。有人看不下去，劝胡屠夫，舍点肉给他吧。胡屠夫抱着胳膊，哼一声，我老胡，怕谁？乞丐一听，下手更狠。有人嘀咕，要出血。果然，乞丐胸口，似乎眨眼间，皮开肉绽！

胡屠夫左腮肌肉，突突动。

乞丐每打自己一下，都要发出一声惨叫，每发一声惨叫，都向屠夫铺子里走一步。屠夫迟疑一下，顺手抄起尖刀。臭要饭的，有胆量你进来！

乞丐居然笑，步步逼近屠夫，手上，仍不歇息。

胸前的肉，却是绽放。开成一朵紫黑色的花。

再拍，血肉飞起。

乞丐叫喊，你怎么不捅我？你打我吧，打啊！那语气，倒像求人打他。

胡屠夫脸上成赤紫色，后退一步，把尖刀举起来。手却抖。胡屠夫往案上的肉块上切去，转眼，一块肉在手上颤着，拿上这块肉，滚得远远的。

乞丐伸手取过。左手持肉，右手握砖，沿街昂首而去。

走出人们视线，他却哭出声来。

自此，乞丐在小镇名声更响。正经人，不会和他作对，犯不着。那些爱打闲架的，觉得打他，脏自己的手，坏自己名头，不屑理他。

渐渐地，这乞丐觉得，活得很没滋味。

一天，两个年轻乞丐游到这里。恶丐正在晒太阳，看到两人，眼睛一亮。主动和俩人打招呼，要给两人接风洗尘。那两位激动啊！啥时候受过这待遇？

三人进一家酒馆，恶丐很大方，我做东，你俩，随便点。转眼间，一大桌酒菜上来。酒过三巡，恶丐却抹抹嘴巴，双手一摊，不好意思，白吃你们俩。

两乞丐对视一眼，呼地一下子站起。噼里啪啦，一顿好揍。

恶丐嘴角有血流出来，却笑，却喊，打得好。

居然把胸脯给送出来。有本事冲老子这里打！

乞丐之一撇了撇嘴巴，飞起一脚，踢去。恶丐吃这一脚，皮球一般，弹到屋角。那两位拍拍手，昂昂头，楼下去了。

一会儿工夫，小伙计噔噔噔跑上来。他担心没了酒钱，老板炒他。

恶丐摇摇晃晃地站起，开始搜索所有口袋，还真让他凑齐了酒钱。他脸上挂着笑，说，今天我高兴，钱不用找。

恶丐是真高兴啊！

他觉得终于出了恶气。

他甚至兴奋地唱起来。唱几句，长长舒口气，叹道，以前，都是老子打自己。今天，终于让儿子打啦！

文　人

　　论起来，嵇康、阮籍和钟会都是文学圈的人。

　　但前两位，都有点瞧不起后一位。他算只什么鸟？简直糟蹋文字。这个贵公子，写诗，不过是个走仕途的手法。但一开始，钟会这人还算谦虚。有作品，就想请大手腕指点，可大腕都不好接近。阮籍喜欢装聋作哑，说话模棱两可，让人难把其脉。而嵇康，平素只给他白眼观摩。钟会写了《四本论》，想拿给嵇康斧正，到他家门外，老觉得腿肚子哆嗦。于是，隔着墙，给他扔进去。嵇康拾起来，顺手就丢进茅坑。

　　至于嵇阮二位"竹林七贤"老大级人物，互相倒还钦佩。嵇康就曾晃着脑袋感叹，阮籍这老家伙，从不说别人缺点。我想学，都学不来！

　　他的确学不来。他这人，骨头比铁还硬。而阮籍办事，就灵活多啦！

　　比如，大将军司马昭分别露出请他俩出山的意思，无非聘个文化名流给自己脸上贴金。

　　司马昭什么东西啊？他篡夺曹氏政权之心，路人皆知。

　　两人都不想理他。

　　阮籍的做法是，装疯，卖傻。他每天都泡在酒楼。偶尔，还揽过老板娘来，讲些荤话。那一次，嗬，更猛！脱得一丝不挂，在一间空屋子里，仰躺成一个"大"字，给观众表演行为艺术！他还振振有词：我以天地为房舍，以屋宇为衣服，你们干吗钻我内裤？

对他这举动，司马昭先笑，后骂：文人，都他妈有病！

可嵇康就不同。

司马昭知道这人嘴硬牙更硬，先托嵇康的朋友山巨源去做思想工作。

山巨源一进门，瞧见嵇康光着膀子，在院子里那棵歪脖子柳树下，打铁。

名人锻炼身体，都与众不同。

嵇康本来就"萧萧肃肃，爽朗清举"，肌肉又搞得像练过健美，加之文采斐然，精通音律，难怪曹操的曾孙女看他第一眼，就想扑进他怀里撒娇。

嵇康明白好友来意，当下就拉长老脸。次日，写封长长的绝交信，打发人送给山巨源。把司马昭和老朋友，一并给得罪掉！

司马昭气得咬牙。司马昭就想，早晚，让你死在我手！

看来，纯文人，不屑于搞政治。

但文人里头，也有天生钻营仕途的。

没想到，那钟会三拐两拐，成了司马昭的心腹谋士。钟会成谋士之后，却开始谋算嵇康。因为，嵇康也曾彻底得罪过他。

钟会约好一帮子文学青年去拜会嵇康。那家伙抡着大锤，在那里叮叮当当，挥汗如雨。嵇康的好友向秀，俯首拉风箱，满脸是灰。俩人一边忙活，一边有说有笑。一帮子文人傻乎乎围一圈，看了老半天。那两位却旁若无人。钟会的脸色青一阵白一阵，怏怏而走。嵇康这时才问："何所闻而来，何所见而去？"钟会站到门口，并不回头，狠狠地说："闻所闻而来，见所见而去！"

你看，钟会这人，也还不是彻底的半吊子。

但嵇康算是彻底把钟会惹恼了。

文人算计文人，向来不择手段。

这简直是怪事！

钟会就去对司马昭说，嵇康这人，卧龙也。不可用。

司马昭眨巴眨巴眼睛，没说话。心想，这我还不清楚？不说别的，冲

· 117 ·

他是曹家门上的女婿，我就不能容他！

　　但历史上任何政客要拿文化名人开刀，都要掂量，都要谋划。

　　譬如，司马迁得罪刘彻，差一点掉了脑袋。白脸曹操杀文人手段更巧妙，文学愤青祢衡惹他生气，他玩个借刀杀人。孔融、崔琰、杨修也被相继灭得有理有据。

　　司马昭终于等到机会。

　　嵇康的朋友吕安犯事，被关进大狱，把嵇康扯了进去。钟会听说消息，一路响屁跑到司马昭面前，说："不诛康，无以清洁王道。"

　　这句话，直接把嵇康送上断头台。

　　杀嵇康、吕安那天，洛阳城内人声鼎沸，三千太学生联名上书，要求不杀嵇康。

　　自然，被驳回。

　　吕安跪在那里，以头撞枷，撞出鲜血，我死不足惜，可连累嵇兄，让我如何能安心九泉？嵇康却仰面看天，哈哈大笑。正午阳光，火辣辣照在他脸上。

　　嵇康说，没你这事，我照样得死。

　　嵇康喊，为我取琴来！

　　不一会儿，有人递一古琴上来。嵇康探手抚琴，头再次缓缓抬起，眯眼睛去看太阳。再低下，双目已紧闭。蓦地一下，一个琴音径直弹入每个人的耳孔！偌大一个东市，除却琴音，不闻一丝杂声。

　　——是他精熟的《广陵散》！

　　那刽子手怀中抱刀，眼神渐渐晦暗。一线刀锋，微微抖颤。

　　音律突然加快，似乎夹杂刀枪铁马。每个人眼里，有厮杀，有鲜血，有仇恨，有火焰。音律戛然而止！嵇康十根手指顿住，却见血线溅出，连同几丝绷断琴弦，缠缠绕绕，在阳光下，灿然飞舞！

　　嵇康仰头，挺直脖子，叹道："《广陵散》，如今绝矣！"

　　遥远的大殿里，司马昭浑身震颤一下，眉头紧锁。他打量一眼钟会，钟会也在看。钟会从他眼里，看出悔意。

那天晚上，五十三岁的阮籍再次喝得找不到北。不久，阮籍病逝。

又过几年，钟会也被司马昭杀掉。

司马昭背着手，自言自语，你他妈太阴险啦，还想超过我吗？

广陵散

聂政坐在一个酒肆里，面如止水。

秋日的风已露出了峥嵘气象，吹得檐角枯草，嗡嗡作响。

聂政的目光掷向窗外，有一稀稀落落的丧葬队伍缓缓走过，灰黄纸片散乱了黄昏的半个天空。那队伍寂静而行，竟不闻半丝泣声！

看来，又有一个人，像父亲一样，被暴君害死了。聂政眼里，有恶恶的光一闪而过。该去了。他抹一把脸，左手将腰间的短剑一捏，凛凛地出了酒肆。风舞得正邪。

次日黄昏。修建宫殿的工地。

和聂政的目光不经意一撞，国君韩哀侯就明白了，这群匠人里头，有个人是来取他性命的。他不动声色，转身就走。聂政手里瞬时已多了一剑，脚步也迅疾跃起。哪料韩侯早有防备，躲得自是恰到好处。聂政再出手，已然迟了。卫士水般围拢过来！聂政趁势翻墙而逃！

在父亲坟前，聂政跪了整整一夜。现在，他需要藏匿了。他的画像，已挂在了韩国的角角落落。

三年后。一个消瘦的身影出现在韩国的街市上。

那身影正郁郁前行，面前忽地就多了一个女人，一个男孩。

那人浑身悄然一震！

你，像极了一个人。女人盯了他道。

谁？那人的声音嘶哑、冷漠。

我的丈夫。我足足三年没见到他了。你浑身上下，有一个地方非常像他。那人腮边的肌肉一抖。哪儿？

牙齿。

那人仰天大笑，你这女人，莫不是疯了？说完，直直地过去了。眼角，却兀自有了泪。

转眼，又三年。

这一天，韩国都城城楼下，暮地多了一个盘膝而坐的黑面男子。面前横摆一张满身断纹的古琴。此人轻挽双手，在那古琴上抚出第一个音符时，众人便止了手头活儿，齐齐地扭头来瞧。再听，愈加不同凡响，时而清虚淡远，时而酣畅淋漓，时而冰泉凝咽，时而深沉凝重。人愈来愈多，静静围拢过来。路侧，立了数匹骡马，竟高昂其首，寂然无声。

不久，琴音把韩侯的属下给吸引来了。

国君韩哀侯的寿诞到了。宴上需要这么一位抚琴高手。

再打量那弹琴者，却实在太丑陋了。脸似锅底，发如乱麻。张嘴一笑，竟一颗牙齿也寻不见。一开口，嗓音竟像破锣一般怪异。

众人皆感叹，奇人自有异相啊！

就这样进了宫。

韩侯寿诞宴上，男子施了浑身解数奏琴。把韩侯及周围卫士听得如痴如醉。琴音突然陡地一转，瞬时激昂起来。众人闭目去听，竟在那里面听出了战马嘶嘶，铁蹄踏踏，兵车喋喋。琴音愈走愈急，似乎是两军对垒，厮杀开来。众人心旌慌乱，却又欲罢不能。

猛地一下，琴音戛然而止，随之一声惊呼！

细瞧，韩侯胸前竟早就被刺入一剑！

韩侯双手抓着剑柄，拼着最后气力问，你是谁？为何要杀我？

男子哈哈大笑。我是谁，已不重要了。六年前我杀你，是替父报仇，现在，则是替天行道！男子说罢，抽出韩侯腹中之剑，往脖颈上只一抹，鲜血四下迸溅！

次日，男子尸体和那柄剑一起被挂在了城楼下。

旁边有一白纸，上书"知此人是谁者，赏金千两"。

数日后，有一老妇跌跌撞撞而来，立住，号啕大哭。儿啊！虽说你变得面目全非，但我只需看这剑一眼，就知道是你。你，终是为你爹报仇啦！

说罢，取剑过来，笑道，没想到，咱一家三口，都死于这柄剑身上。

旁边有人待要阻拦，那剑已直直地刺入老妇胸膛了！

日光毒毒地照着火火的大地。

很远很远处，静静地，站了一个女人，一个男孩。

女人默默地弯了腰，悄悄道，孩子，你不是想知道你爹的模样吗？瞧，挂在上面的那个就是。三年前，咱娘儿俩见到的那个人也是他啊！而且，我现在可以告诉你了，你爹的名字，叫聂政。

为什么爹要那样做？

当年，暴君要你爷爷为他铸剑，你爷爷铸成后怕他滥杀无辜，并没交给他。他把你爷爷杀死了。

女人已是泪眼蒙眬！

那，我该找谁报仇？男孩抬了头问。

女人缓缓地直起身子。女人无法回答。

止 唐

在拉萨的第一个夜晚，我们似乎突然一下变成另一番状态。或许窗外就是布达拉宫的缘故。我们没像以前那么疯狂，甚至彼此间冷静得有点不合常态。他没有在我的身体上构思他的画作。我也没有故意嘲弄他。此前有好几次，我一边笑一边说："你以为你是毕加索吗？"他看起来更加兴奋，以手或别的部位来报复我。

我们相识于两年前京城的一次画展，之后见过好几次面。

他是个很奇怪的男人，如同他的画。

"我对唐卡，充满了敬畏之情。在一个画家朋友的家里。我第一次遇到它，一幅释迦牟尼像。我站在那里，好半天，内心恍惚不定。闭上眼睛，觉着自己就像沐浴在阳光里。"他躺在那儿，眼睛盯着房顶某个虚幻的位置，"现在我有种预感，我离一种悬浮状态越来越近。"

我站在窗前，看着灯光下的布达拉宫，冲着夜空缓缓吐出一口烟雾。悬浮状态？与我有没有关系呢？我没有要求过他离婚，尽管我渴望那样。我已经对单身满怀恐惧。我经常战胜不了孤独。

这一次，他是专为唐卡而来的，不是为了我。

冥冥之中，我忽然感觉到唐卡这个神秘的东西，已经对我构成某种威胁。"朋友介绍的一位唐卡大师，很少有人知道她的名字。据说，唐卡大师从不在画上留下自己名字。你知道那是什么缘故？"

我抱着胳膊,看着他的眼睛:"可能与唐卡的取材有关。一种对宗教的,或神秘力量的崇敬,或畏惧。"他嘴角浮起四十岁男人的微笑。我的回答让他满意。或许正是这一点,我让他一度着迷。

那个夜晚,我们俩如同亨利·米勒所说的那样,躺在一张床上,却像极了一对互不侵犯的兄妹。我在一声惊呼下睁开双眼。他站在窗前,裸着身子回了头,惊喜写在脸上:"你瞧啊,快来瞧!"我走过去。布达拉宫沐浴在清澈的晨阳下,神态安详。远处,流云在净洁的蓝天背景上,缓缓地动。

我从后面抱住他。

我们好半天没有说话。

我满以为,我们会见到一位身着藏服满脸皱褶的老女人。绝没想到居然是一位长发及腰的美丽少女,或者,少妇。一袭松松宽宽的服装,我竟无法命名它。看起来像是随意扯过一块粗糙的自织布,恰到好处披在了身上。在看到她的那一瞬,我感到一股扑面而来的压力。

她很干净。我费了很大劲儿找到了这个词。

这个唐卡一般的女子,在展示她的作品前,先展示了她的茶艺。手指洁白、细腻,瓷器一般,精致到让人不敢舒畅地呼吸。我俩盘膝坐在榻上。他的眼神,愈来愈清澈。有那么一瞬,我感觉对面那女子来自日本,如《千纸鹤》里的文子。在进入那个房间之前,这女子悄悄地捧水,净手。我们跟着也都那么做。清洁的水珠,叮当响着,坠入铜盆。一股清香执拗地袭击了我,那来自门侧一个香炉内很细很细的红颜色香烛。

一个挂满唐卡的世界,一下子打开。

一走进去,他的视线内便没有了我。我猜,他或许把自己也弄丢了。

那个时刻,我似乎也曾产生无边幻觉,在游走,漂浮。是的,就如他说的,悬浮状态。这不止来自艺术,还来自宗教。对我来说,这两者之上,还添加了情欲抉择。

唐卡,唐卡。我默念着这两个极富音乐节奏的字符。

女子的声音好像来自遥远的戈壁滩。于是,我走过寺院的回廊,回身目视渐行渐远的驼队，沿一条条金色的线路，触摸着唐卡的历史。我看到一个女子，怀抱一幅唐卡，站在猎猎的风中，裙裾飞舞。

他选取了两幅。选了很久，都是观世音菩萨。不过制作材料是不同的。一幅是以丝线手工刺绣而成。另一幅则是以金色为基调的颜料画成。我盯看着他，猛一阵心跳。

我趴在走廊的扶沿上看风景。那女子翩然走近，她说："如果我没记错的话，我读过你的文字。"然后，她又说："那个男人选择的两幅画，似乎会让你的命运接受考验哪。"我看着远处，点着头，突然想哭。

女子也看着远处："有一种选择，就是你拒绝接受任何一幅。"

我猛地回头，打量着这个精灵古怪的女人。她娴静如水："我也是女人。"

她的这番话，促使我立刻产生与他分头前行的想法。有些事情，是可以及早预感和适可而止的。尽管我们来之前已设计好另一套行程。对于我这个建议，他果然没有表现出反对。恰恰相反，我从他的眼睛里，读出了一丝如释重负。他迟疑片刻后，拿出了一幅唐卡。

我几乎要哆嗦起来！

我看着他的手，一双干净细腻的手，男人的手，悄然滑过画轴。那幅画徐徐地在桌面上展开。我还看到了几天以后，在他的家里，他做着同样的动作。

果然如此！

"我不要！"说完，我开始微笑着收拾行李。

"为什么？"

我直起身子，颤抖着点上一支烟："你知道原因。"

出租车的玻璃缓缓摇上去的同时，我的眼泪簌簌滑落下来。耳朵边响起那个女子的声音："根据制作唐卡所用的材料，可以将它分为两大类。一类用丝绢制成的唐卡，叫国唐。另一种用颜料绘制的唐卡，叫止唐。"

止唐。止唐。是止于唐卡吗？我破涕为笑。

他将带着那幅国唐回家，送给妻子。给我的那幅，便是止唐了。

国 唐

从什么时候开始迷上看电影的？忘了。起初绝对是为了打发难以排遣的寂寥，后来逐渐把自己发展成碟迷。有一段时间，我发疯似的出入这座城市的几家音像超市，抱回一堆又一堆碟片。

还有比电影更好的情人吗？

甚至，开始研究导演，伯格曼、费里尼、大卫·林奇、黑泽明，相继出现在书橱上。在翻看费里尼口述自传时，有一页纸上的文字，让我颤抖不已。费里尼的父亲，每次与情人约会，便会给妻子带一份礼物。礼物的精致与否，跟他与情人相会的愉悦程度息息相关。

我捧着那本书，躺在床上，呆呆地望着房顶。那个时刻，他是否已经躺在西藏某家旅馆的床上？那张床上就只他一个人吗？晚饭前的时候，他打回一个电话："这里真干净。"

听起来，他心情很好。

心情好的时候，他也会给我带礼物。

他一直说去西藏，去西藏。很多年前就这么说。我知道，他对一种叫唐卡的绘画艺术，产生了极大的兴趣。他的兴趣比我想象得还广泛。有一点，他跟大师毕加索极其相似，就是对女人。这我很清楚。十六年前，我就清楚了。

走之前，他接到一个在我看来别有意味的电话。准确地说，是我先接的。一个女人的声音。我把话筒递过去，看着他的眼睛，他的眉毛一跳。接着，开始运用谜语和肢体语言。他不知道一个女人跟一个男人生活了十六年，从他微微的呼吸里，都能判断出他的心理。何况，他的妻子还是一个心理学教授。

"一个作家。"他这样说，貌似很轻松，"女作家。"

我胸口有点闷。

从动物学和心理学角度分析，作家与画家属于同一类。一样的轻微精神病患者。一段时间里我曾注意过一些女作家。杜拉斯，那个老女人，折磨她年轻的情人时根本就是一种病态。伍尔夫，最终选择了沉河自杀。她意念分裂。耶利内克，依我看，是一个语言智障者。我皱着眉头，也没看完她的小说《情欲》。

如果有轮回，下辈子投胎转世依然做女人，我会记得，刻骨铭心地记得，有两类男人绝不去碰，一类是画家，另一类就是作家。

"我给你带了礼物，与以往的不同。"他的话断断续续。

我的胃随之发出预警信息。

打量他的第一眼，我便感觉到了他说的不同。他眼睛里有一种久违的光芒。

好多年前，我曾经见到过。"你瞧，这就是唐卡！"他顾不得洗漱，就在画桌上展示给我看。那双我闭上眼睛也能触摸到纹理的手，抖索着拂过画轴。"丝线制作，手工刺绣，这叫国唐。专门给你买的。你看上去好像不喜欢？"

"我很喜欢。还有一种叫做止唐，对不对？"

他看着我，眼睛里的光芒有片刻暗淡："你也知道？"

"我在网上研究了整整一天。"

"哦？"他声音高涨，"你对它也产生了兴趣？"

我对自己说，我只是对研究你感兴趣。"唐卡是洗涤人灵魂的艺术。"

"你说得很对。你看，这就是止唐。"他取过另一幅画。

"打算把这幅送给谁?"我忍不住孩子一般笑了。他嘴角一扭:"让我想一下,送给哪个女人合适呢?"我看到,他试图舒缓房间内的紧张。虽然手段很拙劣。他在浴室哗啦啦地洗着,我躺在床上。那个时候,他的手机突然簌簌地震动一下。我的视线掠过难以让我自豪的胸部,盯看那个放在床头橱上的怪物数秒。然后,侧了身子把它拿在手上。

短信:"那幅国唐,是送给她的吗?"

我犹豫片刻,发送出一行字:"是的,他已经给我看了。"

我把手机放在双乳之间,等待它再次颤动。但我需要它按摩的目的并没达到。在我删除那两条信息之后,他走进了卧室。我笑着问:"洗干净了?"他点着头。我立起上身,在他身上嗅了嗅。他试图营造一点气氛。我抓过他的手,看着:"茨威格曾经描写过一双让人惊心动魄的手,赌徒的手。你还记得吗?"

"是啊。从某种意义上讲,手就是人的心脏。罗丹也创作了很多只手。"

"你很聪明。而且,从心理学角度讲,任何人身上都有一种气味。这种气味实际上根本无味。它像指纹一样,非此人莫属。真奇怪,我在你这只手的掌心,就闻到了它,那是一个女作家身体上的。"

他的双手,立刻变成了雕塑。

我若无其事:"好像把你吓着了。来,你看一看这本书,这一页,仔细看,慢慢品味。"我把费里尼的口述传记递给他,里面有一页我已经折叠起来。他果然仔细地看着。我观察着他的脸。很多年以前,我对这张棱角分明的脸,着迷得像个女疯子。现在,它却像是一副面具。

我知道,就在这个夜晚,这张床上,有两列火车行驶在不同的轨道上。是的,两条轨道。绝对不会出现相交。

堆 绣

"我知道你肯定还会再来，可没想到这么快。"女子站在门口，依然是那副装束。我真的感觉奇怪，世间怎么会有这样的女人？我问自己，你再次前来西藏，是为了唐卡，还是为了这个女人？

"一周前，你从我这里请去两尊菩萨。我不知道现在它们的结局如何。而且，真是很可笑，这几天我心里竟然一直放不下这个问题。"女人左手掌心，托一枚精致小巧的紫砂壶，右手食指按着壶盖，将第一道水哗哗倒出。这么做着的时候，眼睛却并不看我。

"你不妨猜一猜。"

我却看着她的手，小心翼翼，发出带有勾引和挑逗前兆的信息。

"如果我没猜错，那幅止唐发挥了它的作用。跟你一起来的那位女作家，暂时不会出现在你的生活里了。深陷其中的男男女女，可贵之处就是适可而止。再说，你们男人做这个向来是很有一套的。那幅国唐，依我看，与你的愿望好像大相违背。"

我差一点要站起来。我被一个女人的目光，或者话语，剥光了衣服。唐卡，唐卡，神秘的唐卡。

"你进来的时候，我注视你的眼睛足足有五秒钟。于是我得到了一切。"

我把目光投向窗外。

一个身着藏袍满头银丝的女人，正匍匐在地，双手朝前，贴着大地，冲着布达拉宫的方向。站起来，再次匍匐在地。

"她会从我这里，请走一幅唐卡。"

女人也向外看一眼。

我突然对自己产生了厌恶感。

"内地很多男人来，都用你刚才那样的目光看过我。对此，我已经很习惯了。"女人轻轻递过一个带有金色缂丝图案的茶碗，"上次你心神不定，来去匆匆。其实很多东西，还没仔细跟你讲解。比如你那两幅唐卡，都是请圣僧开过光的。如果你仔细看，会在背面的一个角落发现一些藏文。我以为你会打电话来询问那文字的意思。看来你没注意到。"

"现在能告诉我吗？"我已经很清楚地看到我们之间的距离。

"有些东西，别人告诉你和你自己发现甚至领悟，意义完全不同。其实，我倒很高兴看到，你选择了止唐送给那个女人，而把国唐送给你的夫人。"

这个女人，她洞悉一切！

"人的一举一动，都会透露出无数的信息。这个世界上没有神秘之处。"

"你还觉察到了什么？"我居然仍想试探。我得承认这是我一生中遇到的最大的挑战。刚才那丝羞愧感又消失了。

"你跟我来。"她立起身来，走向另一个房间。

那是个纷乱的房间。丝毫没带给我在挂满唐卡的屋子里的那种感受。到处堆积着杂乱无章的制作唐卡的材料。显然，这是绘制唐卡的工作室。

"你看，这像不像我们的生活本质？你是画家，该懂得这一点。我到过很多画家的画室，差不多也是这个样子。这和君子远庖厨，似有异曲同工之处。你眼中美丽神秘的唐卡，其实不过是这些寻常材料的组合物。毕加索用牛角、自行车柄等触手可及的再普通不过的东西，就拼成抽象的极具艺术美感的艺术品。所以，艺术是在一个人心中的。你看到的唐卡，跟你心里的唐卡完全不一样。我们的生活其实也是如此，表面和内心流动的永远不同，有时甚至截然相反。"

这番话，让我的内心再次趋向清澈。

"你看，这幅半成品。你觉得它有何不同？"

一幅浅黄色针织背景画布，表层粘贴了一部分美丽的图案。那图案是用五颜六色的丝线织成的，看上去像是裙裾的一角。

"这粘贴上的图案，分为两层。底层是丝质缎纹，五彩斑斓的丝线是穿插在缎纹之上的。这是织锦唐卡的一种方法。叫堆绣。"

我点着头："我好像明白你的意思了。"

"其实，那底层的背景画布和缎纹，才是一个人真正的依托地。如果没有那些，这些丝线再美，也只能处于悬浮状态，没有着落。我可以试着解释一下你刚进来时的眼神。你想把我变成你生活里的缎纹，那根本是不可能的。我充其量只能是那缭绕在表层的丝线。我们只不过是凭借着因缘，才遇到一起。我们之间，你和所有女人之间的故事，都不过是另一种意义上的堆绣。"

不知何时，天色暗下来。房外的廊檐上，亮起了四角灯。

我们走进一家不算宽敞但颇为优雅的酒吧。她似乎是这里的常客。用藏语跟一个小伙子微笑着打招呼。整个过程，我都身心轻松。她喝了一点八宝青稞酒，脸庞红润。我则隔了窗口，望过去。巷子深处，有人用藏语唱歌。

我喝得不少。后来，我看着对面那张灿若桃花般的脸说："此时，你很像我的亲妹妹。"

那个清晨，我在同一家旅馆的同一个房间独自醒来。在那一段时间里，我还没有像那个夜晚一样，睡得那么踏实。我站到窗前。此时的布达拉宫清澄洁净。我拿出手机，拨通一个号码。我说："亲爱的，我现在身无分文。所以这次回家，我不会带给你任何礼物。"

半天过后，一个慵懒的声音传过来："需要我去银行，为你打上买邮票的钱吗？"我说："不需要。我想我能找到回家的路。"

就在出租车的玻璃窗摇下来的时候，我收到一条短信："把那幅止唐给我寄来吧。"我删除了那条信息。

在我眼中，已无唐卡。

意 外

男人听到有人喊，回头，原来是妻子。

男人问："你来干吗？"女人把答案扔回来："那你来干吗？"相对无语。"我知道你会来这里。"女人说，"也许，还能想想别的办法。"男人笑："去偷？去抢？"女人也笑。男人看着妻子："你回去吧。"女人说："反正来了，我也抽一点。"男人吼："叫你回你就回！喊！就你这身板儿？"女人很委屈："一次两次死不了人的！""你说这叫什么事？"男人愤愤不平。女人温柔地喊了男人的名字："我知道你啥意思。可这不都是为了闺女吗？""总不能她要天上的星，你也去摘一颗？""她不是还没要那个吗？"女人嗔男人一眼。

男人转身进屋，女人站到窗子外，隔着玻璃，看着男人挽起袖子，将胳膊伸进一个窗口。里面有一只手捏着根针管，扎进男人的胳膊。一根塑料管里的颜色一会儿就深了。女人扭回头，看院子里的树呀，草呀，还有花儿。

男人捏着几张钱走出来。女人什么话也没说，往里走。男人看她背影一眼，蹲下，摸出烟来抽。不一会儿，女人出来，手里也捏着几张钱。男人把钱递过去，两份钱加在一起，攥在女人手心。

到大门口，男人说："你坐车走，我溜达回去。"

女人回答："走走吧，又不远。"

路其实挺远，得穿越好几条街道。在一条街上，女人差点被车撞到。她站在路中间，不知所措。司机摇下玻璃，恶狠狠地骂。男人奔回来，抓着女人的手，让车过去，才一起走。

他们进了一栋楼房。开门。男人先去找水喝。女人径直走进一个房间。床上躺着一个女孩，正在看书。四面墙上，贴满一个歌星的图片。女孩鱼跃而起："妈，你们去哪儿了？都快饿死了。"女人满脸笑："我这就去做饭。"说罢，从兜里掏出那叠钞票："你说那门票得多少钱？"

女孩"哇噻"一声，跑过来，冲女人脸上就亲一口。随后，说出个数字。女人数一数那叠钞票，似乎还剩一张。她犹豫一下，一并折叠起来，塞到女孩手里。女孩看女人出了屋，跑到墙边，给图片上那张灿烂微笑的脸一个吻。

女孩匆匆吃几口饭，出了门。一到马路边，挥手拦下辆出租车。她房间里到处贴满照片的那个歌星要在体育场举办个人演唱会。可是，票已经卖完。女孩在一部公用电话旁拨打了好几个电话，获得一个让她兴奋的消息，可以弄到票，不过，价格会高一点。女孩最后一个电话拨给家里，告诉爸爸妈妈，她不回去吃晚饭。

接下来的几个小时，女孩就站在体育场门口。期间，她拥有了一张票，一根荧光棒，还有一束花捧在怀里。终于，检票入场。女孩跟许多差不多年龄的男孩女孩蜂拥而入。她的位置并不是特别好，离舞台有好远一段距离。中间有条走廊，可以直通舞台。

歌星出现了，全场沸腾，口哨声、欢呼声，此起彼伏。女孩的声音夹杂其中。她大声喊："我爱你！"歌星的头发一半红，一半蓝，下身是条筒裙。音乐声起，那头花花绿绿的长发飘扬起来。这是歌星的主打歌，所有人显然都很熟悉，他们一起大声唱，向一个方向挥手，歌星不时把话筒指向观众。

后来，媒体大篇幅报道了那个意外事件。

在演唱会快要结束的时候，那歌星居然真的提着裙角沿着那条走廊跑下舞台。女孩看上去呼吸急促。她几次想跑上台献花，都被保安拦住。此时，歌星离她越来越近。她耳边的声音已经变成呼啸。估计她听不到这些声音，她的眼睛闪闪发亮，她开始向歌星身边靠拢，好多人捧着花围上去。

就在她离歌星差不多有两米远的时候，场面变得无法控制！

歌星身边出现了几名保安，几个戴墨镜的人。他们要把歌星劫持回舞台。可人越挤越多，根本无法挪动。女孩夹杂其中，双脚时而触地，时而悬空。那束花一开始还举在手上，一忽儿不见了。一个戴墨镜的先生伸手推了她一把，很准确地推到她的胸部！

女孩倒在了人群中！

现场的声音嘈杂无比，能听到有女孩子的哭泣声、尖叫声。在一条条慌乱移动的腿之间，有几张恐惧的脸。她们在喊着什么，没人听到。无数只脚踩在倒下的人背上、胳膊上、头上……

男人和女人拼命往医院跑！

他们的脚步声在医院门厅、走廊冲来撞去。

这是第二天早上的事。他们挨个病房寻找女儿。最后，找到了。一个医生立刻抓住男人的手："你们来就好了，她需要马上输血！"

话音还没落，男人已经挽起袖子来。

木

　　关于木的故事，有许多版本，我描述其一。

　　现在，假设木就在回乡下的客车上吧。我们都能想象出来，那种车汽油味特别足，通风性能一向良好。木靠近窗子，拉开玻璃，都市喧嚣呼地一下钻进来。客车缓缓移动，广告牌上的美女也在动。

　　——"你怎么可以叫木？"女孩气急败坏。他问："为什么不？""因为，因为我叫鱼。"他一脸迷惑。鱼游过来，把他扑倒在床上。女孩说："我们现在是木鱼。"顺手，在他额头敲一下。

　　他笑着摇头，而后目光沉重。车上人越来越多，中间走廊站了几个人。太阳即将落山，车厢内有点灰暗。一个胖女人喋喋不休，令人讨厌的方言。一个孩子瞪大眼睛盯他。木心情不好。你想，一个大学生，却沦落到在城里给人家送水，而且，还遇到一大把不顺心的事，木的心情怎能好得起来？是的，木艳福不浅，他遇到了一条鱼——另一个怀才不遇的女大学生。可那又怎样呢？一个麻烦加另一个麻烦不等于麻烦消失，通常的答案是，麻烦会更大。

　　木这次的麻烦就不小，因为，他在乡下有老婆。

　　木的老婆叫水。当初，木大学毕业回了农村。他不想在城里挤人才市场了。现在城里最不缺的，就是人才。农村毕竟还有他假想的瓦尔登湖。他在湖边盖一所茅屋，在那里静静地思索、写作。他真就这么干了，但事实并不美好，首先是父母遭受到压力，有村里人当着他们的面，大声训斥孩子："上学有什么用？你看那块木头。"他离群索居，却受不了孤独。你瞧，并不是每个人都可以叫梭罗。试问，这时有个叫水的女人出现会怎样？女人有点文化，神经质式地欣赏会写东西的男人。你总不能要求木做个禁欲主义者。相反，刚出校门的大学生，满脑子的浪漫气息，小伙子甚至以为他沐浴在中世纪巴黎郊外的阳光里，以为那是段浪漫无比的艳遇。于是，出事了吧？事出了，男人得负责。农村有农村的规矩。那个叫水的女人说得一点没错："你不能占了便宜就走人呐！"

木别无选择，他木偶一样按照习俗和水入洞房。一个老女人板着脸，把一块年糕，塞进同样板着脸的新郎官嘴里。木和水，在糊满红纸的新房里，坐成两具木偶。木觉得吃了大亏，因为跟想象的大不一样。他甚至感觉有一道绳索，把自己死死捆住。有一天，他对自己说，你完了！彻底完了！

跟鱼的相识，更富戏剧性。

鱼当时情绪低落，脸色苍白。她是个追星族，追得父母去卖血给她买演唱会门票。鱼第一次遇到木，是在马路上。木头破血流躺在那里。他毫无理由地被几个醉鬼打坏了脸。然后，被鱼遇见。鱼觉得这人面熟，在学校诗歌朗诵会上见过的。于是，鱼把木送进医院，送回家。过了一阵子，直接送到她被窝里。那辆汽油味让人窒息的客车终于到达那座小县城。

天黑了，没有回山村的车，他得步行。估计，夜里十二点之前能到家。假如在县城遇到事情耽搁，比如被同学瞧见，拉去吃酒，就难说了。但可惜得很，没有意外发生。木其实也很想有件事情暂时延缓他的回乡行程。回家要解决的问题，太棘手。毕竟，离婚比结婚复杂不是？

其实，木和水的婚姻早就露出分裂征兆。水以为等到了白马王子，却果然是块木头，而且还是块奇怪的木头。他要下地种田的水，上床前必须刷牙、洗脚、洗脸，还不能像农村婆娘一样，把脱下的内裤塞在褥子下面。终有一天，水抓起内裤，揉成一团，"呼"地一下，贴到木的脸上。

第二天，木就离开瓦尔登湖，去城里做了个送水工。

但人不能总是躲避现实，他必须得回去。离城时，鱼送他到车站。上车那一瞬，鱼拉着他的手，凑到他耳朵边说："我等你。这里，有了。"她在肚子上画了个圆。

好吧，既然事情总得有个结局，正如小说得有个结尾，我们就让木的手开始敲门。夜里十二点的敲门声，有点阴森恐怖。灯没开，但有声音在里头。一个女人怯怯地问："谁？""我。"女人还是没开门："怎么这时候回来了？"没有回答。门终于开了。木在倒地之前，还问："怎么不点灯呢？"他听到风声了，但不知道是从哪个方向来的。他像布袋一样倒下去！也许是有蜡烛燃起来。模糊的影子。有两个人的声音。女人在哭："你干吗这样？你弄死他啦！"男人说："我也没想到会这样！你怕什么？这么晚了，没人看见。"女人继续哭："你弄死他啦！怎么办？"男人说："什么怎么办？你看，他在城里，永远都不回来了！"

在木命名的瓦尔登湖边上，出现一个大坑，两个人影在黑魆魆的夜里晃动。躺在地上的木突然动了一下，嘟囔一句什么，那两个黑影立即顿住，屏住呼吸。好久，男的问："他还没死呢！？他说什么？"女的沉默半天，说："好像，他想吃鱼。"

木肯定吃不到鱼了。据说，城里那条鱼再也没等到那块木头。

教 授

教授在看电视。可是电视上什么内容,他一点都不知道。对他来说,那只不过是一些影像,在眼前动。他突然伸出双手,捂住了脸!片刻过后,开始抖着手去找烟。点上了,狠劲儿地吸几口。屋子里顿时烟雾缭绕。教授脸上却有了泪。他自言自语:"你不配做教授!一个灵魂如此肮脏的人,怎么可能站在讲台上口若悬河?"

教授站起来,踱进卧室。床头对着的那面墙上,有张巨幅照片。他在那儿,半天没动。突然,他冲着那张照片跪下了!窗户没关,风卷起窗帘,教授额角有几丝白发,在风中飘舞。

"你死的那天,也是星期天。每当这个日子,我都会这样跪在你面前。我不断地问自己,什么是高尚,什么叫卑鄙?一个人,要经历如何洗礼,才能变得纯洁?跟文化肯定没关系。道德、伦理,这些词儿经常挂在我嘴边。我是教授啊,报纸上评价我,说我德高望重。很可笑,不是吗?现在,我祈求你的宽恕。你是个渔民,你没文化,出那事之前,谁知道这世上还有一个你?"

有人敲门。门其实没关。灵魂死掉的人,门已经是虚无。他不在家,门也是开的。开着,意味着已经关闭。

他缓缓地走到卧室门口。门外站着一个女人。一开始,他以为是一楼那个神经兮兮的何小草,但不是,是个女人,不是姑娘。他一直寻找她,寻找这个姑娘。可从没想过,那事情会让一个姑娘转眼间变为女人。他们对视很久。女人走进来。"还记得我吗?教授。"女人在沙发上坐下。他取来纸杯,接了水,放到茶几上。"是啊,记得。"他的声音很奇怪。

"我曾是你的学生。"

他猛地抬起!

"听过你两次讲座。"

他的眼里再次出现祈求。

可女人还是说了。女人掏出一包烟,并没让他,独自点上一支,呼出一口气:"你给我们讲人性,讲伦理、道德,头头是道,很精彩。是啊,很精彩。我和许多人,都给你经久不息的掌声。"

——求求你!

"没想过我会来找你吧?连续几个晚上,我在楼下走来走去。我的包里有把匕首,很锋利。只要我上楼,我肯定让它钻进你的胸口!"

"那刀子,你还带着吗?"

"不,对你已经不必要。因为,你是有思想的人。有时候,思想也会杀人。"

"我一直在等你,找你。"

"找我?"女人笑,"找我来杀死你?不,我想清了,我要杀的不是你,是那两个男人。我真的找到了他们,那把刀子,用在了该用的地方。"

他呼吸急促:"你,你杀了他们?"

"我比你有勇气,而且,还有条件。我是女人哪,但我不是懦夫!他们觉得这很有趣。为了杀死他们,我陪他俩睡了整整一个星期。"

他的手在哆嗦!他狠狠敲自己的头。

女人语气舒缓:"然后,一个星期天的晚上,他们喝下大量的安眠药——还想听吗?"女人看到教授蜷缩着,跪在地上,"你害怕血,对不对?我知道你怕。你那天转身离开的时候,从你的眼睛里,我看到了这一点。"

"求求你！别说啦。"

"我怕你会忘了。同样也是个星期天，对吗？我们都在那座山上。可那一天，我的命运突然发生改变。山路上，两个男人截住我，要我身上的东西。我给了，可他们还想要别的。你都看见了，他们还想要！我像一条快死的鱼一样裸着身子躺在草地上，你出现了。我看着你，我大声地喊，救救我！！可你呢，教授？"教授发出呻吟声。

女人一字一顿："你转身走了！"

房子里的空气，令人窒息。

女人低着头，沉默半天，然后说："我给你带张照片来，看到了吗？这个人，从漩涡里救出了六名游客！他死了！可那六个获救的人，从此一个也没出现过。即使是他长眠地下的那一天，也没一个去看他。甚至，没人出来，讲述当时的情景。教授，这就是你在课堂上为我们描述的美丽世界吗？我刚从他家回来，我不是被他救的人，可我，在他的坟前，跪了整整一个下午！"

教授捂着肚子，伸出一只手，哆嗦着，指指卧室。女人慢慢走过去，她的目光沿着屋子转了一圈，落到墙上。客厅里，他伏在地上，看女人带来的照片。

女人出门的时候，他问："你去哪儿？"

女人没有回头，却反问："你说呢？教授。"

孝 道

周六上午，楼道里出现个老太太。从衣服上能看出来，她不属于这座城市。她的举止同样证明了这点。老人提着个篮子，篮子里是煮熟的鲜花生。她从一楼开始，挨家挨户敲门。

一楼西没人，东户打开。一个眼圈发黑的女人，狐疑地盯着她。老太太说："我是五楼的。刚从地里收的花生，您尝个鲜。"黑眼圈女人叫何小草。她用食指和拇指捏着下嘴唇："我怎么没见过你？"老太太解释："昨天下午，刚从乡下来。来看看儿子。"何小草点头："五楼那大胖子？他让你送的？"老太太赶忙说："不是，他上班去了。"何小草挤出一丝笑容："谢谢，我从来不吃花生。"

门关了。老太太的笑被挤住，呆愣半天，才上二楼。二楼西没人，东户打开。一个眼圈发黑的姑娘，狐疑地盯她片刻。姑娘叫鱼。还没等老太太解释，鱼就把眼瞪大："我刚睡着，拜托，别来烦我！"

门"砰"地一声关闭！老太太站在楼道口呆得更久。从窗口钻进来的光线，打在她的半张脸上，几绺银发，在那沟沟坎坎的脸上，扫过来，扫过去。她没去敲三楼的门。到四楼，停住，歇一歇。四楼东户的门一直开着，从里边飘出京戏声。她犹豫一下，伸出枯枝般的手，敲门。一个老头从厨房走出来，听她说明来意，眼睛一亮："哎哟，那得尝尝鲜。"说罢，小孩一样踢踢踏踏走过来。老太太的笑夸张起来，她把篮子递过去。

老头边剥开一颗边说:"太多,吃不下,吃不下。"不一会儿,老太太满脸笑容上了楼。

老头是一所大学的教授,老伴去世,儿女极少来瞧他。不知为何,他家的门,即便是晚上,都是开着的。

从那以后,老太太经常下楼,找教授聊天。

不几天以后的一个晚上,有个胖子来敲教授的门。教授闭着眼睛,听《命运交响曲》。男人敲一遍,教授没听见,再敲,教授才从沙发上立起身来,笑着打手势请他进去。

男人手里居然拿瓶酒。

"是不是吵着您了?"教授有点不好意思。"不,挺好的。"胖男人举举手里的酒,"想跟你聊聊天,自己一个人,喝不下去。"教授点头:"可我没有下酒菜呀。而且,我不喝酒。"但教授还是走进厨房,端两个小凉菜出来。胖子自己倒酒,喝一口。教授把音响关闭,走过来,坐下,盯了不速之客看:"有事吧?"男人喝酒,吸一口气:"没事,就想找人说说话。你说怪不怪?手机上电话号码两百多个,从头到尾扒拉一遍,一个能说话的都没有。我大小也是个正科级干部,没想到混成这地步——不提那些,我想跟你说说我母亲。"

"你母亲?""就是来给您送花生的那个。""哦,你有个好母亲。"

"是啊,我欠父母的,太多,太多。"男人眼里似乎有泪,"我们那地方,穷!只产石头,不长庄稼。我在家里是老小,上面仨姐姐。为了让我上大学,那可真是砸锅卖铁。给你讲个事,我们村儿后面山上,到处是马尾松。到了冬天,挂满炸开的像花一样的松子皮。"教授微笑:"那玩意儿可以烧火。"男人一拍膝盖:"对呀!城里烧锅炉的,就拿这个引火。我父母每个冬天都去山上,一个一个摘下来,再挑到县城去卖。一斤五分钱!有次下大雨,我母亲忽然一脚踩空,连人带那两袋松子皮一起滚下山!她的腿上,到现在还有一道疤。"教授叹口气。男人沉思良久,继续说:"去年,老父亲去世,家里就母亲一个人。我总算说服老婆,把她接来。"教授说:"是啊,该尽孝时就得尽。"

"可没想到,她一来,家里就乱了套。"

教授一皱眉头。男人晃着大脑袋:"教授,是不是天底下所有婆媳都是水火不容?唉,做男人难,真难哪!"教授看着他,半天未语。男人喝口酒:"你知道,我一个农村孩子,爬到正科级,没路子能行?那可全是依赖丈人在后面撑腰。"

教授把头抬起来,抱起胳膊:"有话你直说吧。"

"其实,也不是多大事。"男人吞吞吐吐,"这两天,老婆总拿一件事来挤对我,她说,我那老母亲总是往你这里跑——教授,我不是说你怎么着,那母老虎说话太难听,她说,我母亲一来,就耐不住寂寞了。"

教授"呼"地一下起身:"请你出去!"

男人提着瓶子出去前,嗫嚅着:"教授,以后,您能不能,把门关上?"

门,依然无论何时都是开的。可有一天,教授回家发现门关了。他没带钥匙,只好找人来开锁。打开后,都愣住了!那老太太站在里面。她说,她不小心把门带上,却不知道怎么打开。后来,教授习惯随身带着钥匙了。

再后来,四楼东户的门也一直紧紧关闭。

三个人

"能请你喝咖啡吗？"是一帆发来的。

嘉惠本要回绝，却突然看到手机上的日期：农历七月初七。中国的情人节啊！

她抬起头，看着窗外。想，苏旭离家出走，刚好一年了。这一年，她反复思索一个问题，他为什么走？苏旭的走，干脆利落，像一滴水，突然蒸发。

"总得有点原因吧？你这算什么？一纸离婚协议，轻飘飘就把多年的感情一笔勾销？"嘉惠两手揪着自己的头发问。

"还是来吧。让我告诉你一直要找的那个答案。"

一帆再次发来信息。嘉惠觉得浑身一震！立即收拾包，向门外走，边走边给一帆打电话。

"你那短信是什么意思？"一落座，嘉惠就问。一帆看着她，犹豫一阵子才说："半年前，我见到了苏旭。"

"为什么不告诉我？"

"因为，"一帆吞吞吐吐，"他跟一个女人在一起。那女人，怀孕了。"

嘉惠瞪大了眼睛，然后，抖着手，点上一支烟。

"我跟苏旭是好朋友，要不是我亲眼所见，我也不信。"

·145·

"你没骗我？"嘉惠盯着一帆的眼睛。

一帆把眼移开："我本来是想骗你。想让你能不受伤害地忘掉他。可似乎很难。"嘉惠看着窗外，眼里的泪水终于顺着脸颊流下来。

她忽然笑了："陪我喝点酒吧？"

于是，他们去一家酒吧。谁也没再提那个人的名字。嘉惠时不时地大笑。她喝了很多酒。一帆喝得也不少。俩人跌跌撞撞到嘉惠楼下。

嘉惠问："你，想上去吗？"

一帆抬头看了看，说："等你想好了，给我电话。"

后来，一帆倒是屡次等到嘉惠的电话。但嘉惠似乎从来没想好。嘉惠喝酒的次数越来越频繁。常常是半夜打进电话："一帆，我又回不去了。"很快，一帆就驾车过去。有一次，嘉惠上不了楼，一帆背她上去。那晚，他没离开，一直坐在客厅的落地窗前。

第二天早上，嘉惠醒了。一出卧室门，愣在那里。半天，才说："一帆，我知道你喜欢我。可我就是忘不了他。我总感觉他没理由那么做。我做不到把身体给你，心还在他那里。你还是别等我了。"

一帆默然无声，走到门口，回头笑，依然做一个打电话的动作。

又一年的中国情人节来临。

那天，下起了雨。两人依旧喝了好多酒。嘉惠说："陪我淋雨吧？"她提着鞋子，张开双臂，在雨里跑。在一盏路灯下，嘉惠抬起头，看着天空发呆。雨水顺着她的脸淌下来。嘉惠说："一帆，苏旭第一次向我求爱，也是在这样的雨天。当时，我抬着头，看着雨丝纷纷落下，真的很美。"一帆仰面朝天，沉默着，脸上，不知是雨水，还是泪水。

天还没亮，嘉惠接到个电话，让她赶紧到医院，一帆出事了！嘉惠的手一哆嗦，电话掉在地上！当她赶到医院，一帆已经走了！就像苏旭的离开，没任何前兆。他们分手后，一帆又去喝酒。结果，出了交通事故。

嘉惠意外地从交警那里得到一个大信封。里面有一帆写好的一封信，还有一个日记本。

嘉惠先去看那封信，看着，看着，手哆嗦起来！

"嘉惠，原谅我吧！我撒了谎。这封信我写了不知多少遍，也不知什么时候能交给你。我真是为你和苏旭感到高兴。你们一直都深爱着对方。"

苏旭并没走远！

他居然，就住在她家对面的楼上！

他得了绝症！

嘉惠疯狂地跑到大路边，伸手拦下一辆出租车。

一阵急促的敲门，里面却走出一个老太太。

"租我房子的那个病人？他走了。"

"走了？去哪儿了？"

"不知道。"

嘉惠呆了一般踱进屋子。找到了苏旭曾经躺过的那张床。站在床边，透过窗子，刚好，可以看到她的家。嘉惠一下子坐在床上，号啕大哭。

老太太问："你是他什么人？"

"我是他妻子，我们就住那儿。"

老太太走过来，递一块毛巾过来。

回到家，嘉惠才拿出那本日记，一打开，却发现那是苏旭的。她呆呆地一页一页翻看日记。

"我这样做，是不是犯了一个错误？可是，我怎么能拖累嘉惠？她还这么年轻，这么漂亮。"

"她怎么没去上班？病了吗？谁来照顾她啊？"（嘉惠突然想起，那次躺在床上，有个陌生电话打进好几次，却不说话。）

"没想到遇见一帆。我求他去骗嘉惠。他喜欢嘉惠，我早就知道。我把离开的原因告诉了他。这样，他就会放心去照顾嘉惠。我也就安心去迎接死神了。"

"疼得厉害！站不起来。我想，活不了多久了。"

突然，嘉惠呼地一下站起来！

最后一篇日记，却是这样写的："真奇怪，这几天，身上有劲儿了。

去医院检查，医生告诉我，那肿瘤消失了！这么说，我又变成正常人！？我能回去看嘉惠了！可是，一帆怎么办？不，这对他可太残忍！而嘉惠也许已经把我忘掉。我得离开！永远离开他们的视线。"

许多天后的一个下午，嘉惠将一束花放在一帆的墓前，然后，坐下来。

"一帆，你跟苏旭一样，都是傻瓜。"

她在那里坐到太阳即将落山，就要起身的时候，背后好像有人走过来。

秋风起

窗外，有棵梧桐树。树上一枚叶子已然枯黄。昨日午后，经风一吹，叶茎突然从中间折断。当时，他顿生感叹，秋风萧瑟啊！早上一睁眼，他就先起身去看那片残叶，却见它已经垂落下来，与枝条的连接仅有一丝。他紧盯着它。忽而有了同病相怜的意味。叶片一摇一晃，忽然断开。他甚至清晰地听到那"啪"的一声哀乐。那枯叶一夜未落，莫非只为了等他？他从窗棂忽地探出手去，试图迎接它的坠落。可是，那叶子沿着离手指不远的线路，滑下去了。

他张了张嘴，沉默。

宣判一结束，他就再也没有话了。

实际上，也无人可说。

他给过好处的，给他好处的，此时，一个个唯恐躲之不及。女人们呢，本来如过眼烟云，自然早做了鸟兽散。他这一倒，真就应了那句话，纸里包不得火！钱，自然一笔一笔对起账来。还有来历不明的。几百万呐！女人，也一个个闪亮登场。他可没料到，这次灾难的序幕，就是由女人拉开的。因此，老婆孩子不来，他也不能责怪。

白茫茫一片真干净！

他坐在那里发呆，暗想自己这辈子，真算得上一桌满汉全席，丰盛无比。讨饭、十年攻读、官场厮杀、扶摇直上、香车美女，最后，身陷圈圈。

嘿，从另个角度讲，是不是也算值了？

167"七号，有人来看你。"

他照例对号码没感应，等醒悟过来，一下抬头，张大嘴巴！谁会来看我？老婆？要是她，还真算一日夫妻百日恩呢！儿子？那小子在国外，只知道打电话要钱，想也别想。情人中的一个？还惦记着一段露水感情的？能有谁呢？患难见知己，莫非要印证一下？

这一路，真是翻江倒海呢！但依然是闷葫芦。

他禁不住嘿然而乐，这一生，居然没个可掏心窝子信赖的人！

会客室的门打开，他站在门口，一下呆住！

是白发苍苍的母亲！

空气在那一瞬凝固。他甚至想转身逃走！

有多久没见到母亲了？她怎么来的？她一直住在乡下啊！

母亲看到儿子，站起身，又伸手摁住桌子支撑身体。

目光却一刻也没离开儿子。

他在母亲对面坐下，不知从何说起。眼里，已经满是泪。

母亲跌跌撞撞靠近，嘴唇翕动着。

突然，伸手给了他一巴掌！

他的腮上，像是被树枝子划过。长这么大，第一次挨母亲的打。母亲打完，枯枝般的手顿在半空，又慢慢垂下，轻轻抚摸一下打过的地方。

母亲一句话也不说，慢慢转身，拣起墙角的拐棍，向外晃去。

他呆愣着，母亲千里迢迢来，就为这一巴掌？就在母亲即将踏出门口的时候，他突然喊出那个字："娘！"

母亲站住！

母亲慢慢回身，看到跪在地上的儿子。

她走回来，坐下，歇息一会儿，开口说话："儿啊！我是黄土埋到脖子的人啦！说不出个大道理。外面的事，你懂。这些年，我在家就盼着一件事，你啥时候能回来看看娘，咱拉拉家长里短。没想到，盼着盼着，盼到这里来了。"

是啊，整天的忙，都忙些什么呢？

"还记得那年，咱要饭那事吧？我抱着你妹妹，你在后头跟着。"

他点点头。

"那你知道，咱家为啥是那年春上最先出去要饭的？"

他摇摇头。

"那年月，过了年一开春，谁家的口粮有剩余啊？哪家孩子出来，都干巴得跟猴子似的。头年攒下的一点地瓜叶，早就没了。全队的人眼巴巴地盯着一个地方，就是村口的地瓜坑！每年，不都畦地瓜芽吗？等一茬一茬把瓜芽拔完，埋在沙土里生过芽的地瓜，都要分的。"

他眼前出现那种景象，生产队的地瓜炕边，挤满了人。到处飘逸着地瓜香味，甜丝丝的。

"那年，把地瓜挖出来，除了烂的，按人口分，正好一人一个。咱家五口人，分五个。你爹去领的，五个地瓜装在个篮子里，挎着往家走。他千不该万不该，去队长家的院子里落落脚，说是会计少给他算了工分。一转眼工夫，那篮子就空了！明明吃了哑巴亏，可人家是队长，你又没抓住人家手腕子。你爹就那么空着手回来了。你跟妹妹那时候还小，早就眼巴巴地盼着，一看你爹空着手，都哭起来。"

他笑了："是啊，我想起来了。"

母亲也微笑："没办法，一家人饿得眼前冒花。我跟你爹说，你怕丢人，我不怕！脸皮能填饱肚子？我们去要饭！"他轻轻挽起裤腿："娘，你看，那时候被狗咬的。"母亲伸手，颤巍巍伏下身子，在那伤疤上摩挲着。

"你想想，那时候，日子多么苦啊！还不是一步一步走过来了？人哪，千万得记住一条，不是自家的东西，不能拿啊！拿了，就是伤天害理。"

母子二人，一起沉默。

好半天，他悄声问："娘，我托人捎回去的东西，你收到了吧？"

母亲笑了："儿啊，娘这次把那笔钱捎来，全都交上了。我知道，那钱咱不能花！"说完，母亲站起来，擦擦眼角，转身，蹒跚着向外走去。